莫泊桑

(1850 — 1893)

Guy de Maupassant

目 录

译者前言	1
羊脂球	1
菲菲小姐	57
疯女人	78
两个朋友	84
圣安东尼	95
瓦尔特·施纳夫斯的奇遇	107
米隆老爹	119
廷布克图	130
一场决斗	141
索瓦热婆婆	149
上校的见解	162
二十九号病床	173
俘虏	189
小兵	209
残疾人	219

译者前言

这套莫泊桑中短篇小说五卷本，包括《假面具——莫泊桑世态小说选》《归来——莫泊桑情爱小说选》《米隆老爹——莫泊桑战争小说选》《健康旅行——莫泊桑诙谐小说选》和《火星人——莫泊桑奇异小说选》。它是笔者在长年研究和翻译这位杰出的法国作家的作品的基础上，对其全部三百余篇中短篇小说进行鉴赏和遴选的果实，也可以说是一套莫泊桑中短篇小说的集锦。

莫泊桑首先是一位社会风俗画家。他的世态小说恪守写实的根本原则，主要写他最熟悉的两个阶层：他度过青少年时代的诺曼底的农民和他成年后工作的巴黎的小职员。在他的笔下，小人物占据了文学的中心；他们的生活，他们的困苦和绝望，袒露无余。尤其难能可贵的是，作家对最下层苦难者的深挚的同情。

情爱小说也是世态小说，但莫泊桑以情爱为题材的中短篇小说数量之大，为它赢得独特的一席。情爱是永恒的主题，莫泊桑的情爱小说写了堪称齐全的典型，有喜乐，但更多的是泪与血，还留有一些法兰西骑士传统的余音。

莫泊桑的战争小说数量有限，却出了不少脍炙人口的名篇。他只做过短暂的后勤兵，从未真正参战，也许因此他的战争小说少有战场的硝烟；但他擅长写战争时期各个阶层人们的心态和动态，深刻揭示了面临战争的人性。反映一八七〇年普法战争的文学作品不乏鸿篇巨制，莫泊桑精悍的战争故事却能深入人心，为人们长久地记忆。

法国文学艺术具有鲜明的喜剧性特色，从中世纪的帕特兰笑剧，经过拉伯雷的《巨人传》和博马舍的喜剧，直到今日的单口相声，喜剧性传统长盛不衰。而在小说创作中，笔者以为，当推莫泊桑的诙谐小说，诙谐而不猥亵，嘲弄而又鲜少恶意，让人莞尔一笑而又耐人寻味，把这一优秀传统发挥得淋漓尽致。

注重写实的莫泊桑，在法国奇幻小说史上也有浓重的一笔。他的某些奇异小说诡谲神秘，令人叫绝；但他更多的奇异小说，虽然情节诡异，却旨在阐明超自然的虚妄，揭示现实生活的真相，也独树一帜，别具一格。

有人说莫泊桑的作品渗透着悲观主义。是的，他写照的主要是社会的丑恶，袒露的主要是人性的缺点，而且他避免直言光明在何处，指点哪里是迷津的出路。但是在他的嬉笑、嘲讽、针砭和挞伐里，聪慧的读者细加琢磨，总能获得正面的启迪。

莫泊桑善于在短篇小说的珍贵有限的篇幅里尽情施展卓越的艺术才华。他的短篇小说经常以聚会讲古的形式开场，引入的却是现实的大千世界，变幻多多。不仅内容丰富，故事的结构、人物的勾勒、景物的描绘,也笔墨凝练,精彩纷呈,兴味盎然的内涵和匠心独运的艺术表现,相得益彰。

所以法国文学家法朗士誉之为"短篇小说之王"!所以美国小说家毛姆坦承"我再也找不到更好的老师了"!所以他的小说频现于各国的文学教科书中!所以他的作品在世界范围内为广大的读者喜闻乐见!

这套选集以分类形式全面介绍莫泊桑的中短篇小说,是一个没有先例的尝试。希望它能在彰显天才作家莫泊桑在这一领域的成就丰富多姿的同时,开辟一个新的视角,有助于读者获得更多新发现和新感受。

张 英 伦

二〇二〇年六月二日于巴黎

羊 脂 球[*]

溃退中的残军一连好几天穿城而过。那已经算不得什么军队,倒像是一些散乱的游牧部落。那些人胡子又脏又长,军装破破烂烂,无精打采地向前走着,既不打军旗,也不分团队。他们看上去都神情沮丧、疲惫已极,连想一个念头、拿一个主意的力气都没有了,仅仅依着惯性向前移动,累得一站住就会倒下来。人们看到的大多是战时动员入伍的,这些与世无争的人,安分守己的有年金收入者,现在被枪支压得腰弯背驼;还有一些是年轻机灵的国民别动队,他们既容易惊恐失措,也容易热情冲动,时刻准备冲锋陷阵,也时刻准备逃之夭夭。其次是夹在他们中间的几个穿红色军裤的正规步兵,一场大战役里伤亡惨重的某支部队的残余。再就是混在这五花八门的

---

[*] 本篇首次发表于一八八〇年四月乔治·沙尔庞吉埃出版社出版的中篇小说集《梅塘夜话》;除莫泊桑以外,该集还收有左拉、于斯芒斯、赛阿尔和艾尼克、阿莱克西等人的五篇中篇小说;一九〇二年收入保尔·奥朗道尔夫出版社出版的插图版莫泊桑全集《羊脂球》卷。

步兵中的穿深色军装的炮兵。偶尔还可以看到个把头戴闪亮钢盔的龙骑兵，拖着沉重的脚步，吃力地跟着步伐略显轻松的步兵。

接着过去的是一队队义勇军，各有其气壮山河的称号："战败复仇队""墓穴公民队""出生入死队"等等；他们的神情倒更像是土匪。

他们的长官有的是昔日的呢绒商或粮食商，有的是从前的油脂商或肥皂商，只因形势的要求才成了军人；他们所以被任命为军官，不是由于金币多，就是由于胡子长。他们浑身佩挂着武器，法兰绒的军装镶满了金边和绶带；说起话来声高震耳，总在探讨作战方案，并且自诩岌岌可危的法国全靠他们这些大吹大擂的人的肩膀支撑。不过他们有时却害怕自己手下的士兵，因为这些人原都是些打家劫舍之徒，虽然往往出奇地勇猛，但毕竟偷盗成性、放纵不羁。

听说普鲁士人就要进占鲁昂①了。

两个月来，国民自卫军一直在近郊的森林里小心翼翼地侦察敌情，有时还开枪错杀自己的哨兵，一只小兔子在荆棘丛中动弹一下便立刻准备战斗，如今都已逃回各自的家中。他们的武器，他们的军服，不久前还用来吓唬方圆三法里内的公路里程标的所有杀人器械，也都突然不翼而飞。

最后一批法国士兵终于渡过塞纳河，取道圣瑟威尔镇和

---

① 鲁昂：法国西北部的一个重要城市，原为诺曼底省省会，现为塞纳滨海省省会。普法战争中被普鲁士军团占领。莫泊桑曾居鲁昂，在此上过中学。

阿沙尔镇,往奥德麦尔桥退去。走在末尾的将军已经灰心绝望;他带着一盘散沙似的败兵残卒,也实在难有作为。一个惯于克敌制胜的民族,素有传奇般的勇武,竟然被打得一败涂地。在这样的大溃逃中,将军本人也狼狈不堪;他由两个副官左右陪护,徒步撤退。

此后,城市便沉浸在深深的寂静和惶恐而又无声的等待中。许多被生意磨尽了男子气概的大腹便便的有产者,忧心忡忡地等候着战胜者,一想到敌人会把他们的烤肉钎和切菜刀也当作私藏的武器就不寒而栗。

生活好像停止了,店铺全都关门歇业,街上鸦雀无声。偶尔出现一个居民,也被这沉寂吓坏了,贴着墙根急匆匆地溜过。

等待的煎熬,让人巴不得敌人早点来。

法国军队撤走的第二天下午,不知从哪里钻出几个普鲁士枪骑兵,快马流星地穿城驰过。接着,过了不大工夫,就从圣女卡特琳娜山上冲下来黑压压一大批人马。与此同时,另外两股入侵者也出现在达尔内塔尔公路和布瓦吉约姆公路上。这三支队伍的先遣队恰好同时会合于市政府广场;从附近的各条大街小巷,德国军队正源源到来,一支队伍接着一支队伍,沉重、整齐的步伐踏得路石笃笃作响。

喉音很重的陌生语言[1]喊出的号令声,在一排排就像是无人居住的死气沉沉的房屋前回荡。紧闭的百叶窗后面,无

---

[1] 指喉音较重的德语。

数双眼睛窥视着这些战胜者。他们现在成了这座城市的主人,依据《战时法》,他们不仅有权支配人们的财产,而且有权主宰人们的生命。居民们躲在黑暗的屋子里,恐慌万状,仿佛遇到大洪水和毁灭性的大地震,纵然有再大的智慧、再大的力量也无可奈何。每当事物的既定秩序被推翻,安全不复存在,人类法则和自然法则保护的一切任由凶残的暴力摆布的时候,这同样的感觉就会重现。地震把一个民族全部砸死在倒塌的房屋下,泛滥的江河卷走淹死的农民、牛的尸体和屋顶冲脱的木梁,获胜的军队屠杀自卫者、带走俘虏、以战刀的名义抢掠、用大炮的吼声感谢某个神祇,这一切都可谓恐怖的大灾大难,足以全盘动摇我们对永恒正义、对人们向我们宣扬的上天保佑和人类理性的信仰。

三五成群的敌军敲开各家的门,然后进去住下。这就是入侵以后接踵而来的占领。战败者开始履行义务了;他们必须对战胜者百依百顺。

过了一段时间,最初的恐怖感一消失,新的平静气氛就出现了。在许多家里,普鲁士军官和房东同桌吃饭。碰上个有教养的军官,他还会出于礼貌为法国鸣冤叫屈,表白他对参加这场战争是如何反感。仅仅由于他怀有这种感情,就值得人们向他表示感激了,更何况以后还可能需要他的保护。把他笼络好,也许就能少供养几个士兵呢。再说,既然自己完全捏在此人的手心里,跟他伤和气又有什么好处?真要那么干的话,与其说是勇敢,倒不如说是鲁莽。而鲁莽这种毛病,鲁昂的有产者们再也不会有了,因为现在已经不是这座城市引为骄傲的英勇保卫战的时代①。最后,他们还从法国人的礼俗中找出一条至高无上的理由,说什么对外国军人只要不在公共场合表示亲近,在家里尽可礼貌相待。于是,在外面都装作互不相识,一到家里就兴高采烈地促膝而谈;那位客居的德国人呢,每晚和房东一家围坐在炉边烤火的时间也就越来越长。

甚至市面也逐渐恢复了平日的景象。法国人依然不大出门,不过普鲁士军人却满街里熙来攘往。此外,那些蓝衣骠骑兵军官,别看他们神气活现地挎着杀人利器在街上大摇大摆,他们对普通市民的轻蔑,和去年在几家咖啡馆喝酒的法国步兵军官相比,似乎也并不厉害到哪儿去。

只是空气里多了点儿什么东西。一种难以捉摸的陌生的东西,一种像气味一样弥漫的无法忍受的异邦气氛,也就是侵略的气味。这种气味充斥各家各户和公共场所,甚至改变了人们的饮食口味,让人觉得仿佛是旅居于遥远而又可怕的野蛮部落。

占领者勒索钱财,而且贪得无厌。居民们总是照付不误;反正他们有的是钱。不过,一个诺曼底②商人越有钱,当他做出任何一点牺牲、看到自己任何一点财产落到别人手里时,也就越心痛。

---

① 指十五世纪初鲁昂人民英勇抗击英国入侵的光荣时代。
② 诺曼底:法国西北部旧时的一个省,地域大致相当于现在法国的下诺曼底和上诺曼底两个行政区,前者包括卡尔瓦多斯、芒什和奥恩三省,后者包括塞纳滨海省和厄尔省。

与此同时,顺流而下,在克鲁瓦塞、第埃普达尔和比埃萨尔①方向,离鲁昂城二三法里的河段,船夫和渔民们经常从水底捞出德国人的尸体,这些身穿军装,已经泡得膨胀的尸体,有一刀捅死的,有一脚踢死的,有被石头砸破头的,有从桥上推到河里淹死的。河底的淤泥里,还不知埋藏着多少隐秘、野蛮但却正义的复仇业绩呢。这些不为人知的壮举,悄无声息的袭击,比光天化日下的战斗更危险,却享受不到轰轰烈烈的荣耀。

因为对外敌的仇恨总能激发一些无畏的勇士拿起武器,准备为一个理想而牺牲。

侵略者虽然把城市置于他们的严格的纪律管制之下,但是盛传他们在整个胜利征途中犯下的种种暴行,他们在这里却一件也没有干过,因此人们的胆子大了起来,做生意的欲望又在本地商人的心里活动起来。其中有几个在法军仍然据守的勒阿弗尔②有大笔的投资,他们很想试一试,先由公路到第埃普③,再从那里搭船去那个港口。

他们通过几个认识的德国军官的关系,从总司令那里弄到了一张出城许可证。

于是有十个人在车行登了记,为这次旅行订了一辆四匹

---

① 克鲁瓦塞、第埃普达尔和比埃萨尔:鲁昂西面沿塞纳河而下的几个市镇。克鲁瓦塞有福楼拜的居所,是莫泊桑常去的地方。
② 勒阿弗尔:法国西北部城市,法国第二大港口,现属塞纳滨海省。地处塞纳河出海口,濒临拉芒什海峡。
③ 第埃普:法国西北部一港口城市,濒临拉芒什海峡,现属塞纳滨海省。

马拉的大驿车,决定在一个星期二的早晨,天不亮就出发,以免招摇。

近一段时间,地面一直冻得硬邦邦的,谁知星期一下午三点钟光景,从北方吹来一大片乌云,下起雪来,片刻不停地下了一个后半晌和一个通宵。

清晨四点半钟,旅客们在诺曼底旅馆的院子里聚齐了,他们就要在这里上车。

他们都还睡眼惺忪,尽管裹得严严实实,还是冻得直打哆嗦。黑暗中他们谁也看不清谁。一层层厚重的冬衣,让所有人的身体看上去都像是穿长袍的肥胖教士。不过有两位男士还是彼此认了出来,第三位也凑了上去,他们便交谈起来。一个说:"我带着妻子一起去。"另一个说:"我跟你一样。"第三个说:"我也是。"接着第一个又说:"我们不回鲁昂了。要是普鲁士人打到勒阿弗尔,我们就去英国。"由于性情相似,他们的计划竟不谋而合。

这时还没有人来套车。一个马夫提着一盏小灯不时地从一个黑洞洞的门里走出来,立刻又钻进另一个门。听得见马蹄踏地,不过地上垫有草,草上有马粪,声响不大;马厩深处传来一个男子骂骂咧咧地跟牲口说话的声音。一阵轻微的铜铃声说明有人在搬动马具;这轻微的铃声很快就变成清脆、持续的颤响,并且随着牲口的动作节奏不断变化,时而静止,时而又一阵巨响,还伴着一只钉了铁掌的蹄子跺地的沉闷的声音。

门突然关上。各种声响都戛然而止。那几位有产者冻得够呛,闷声不吭了;他们僵立在那里,呆若木鸡。

白色的雪絮织成一幅绵延不绝的帷幕,晶莹闪亮,直垂大地;它给万物蒙上一层冰苔,隐去一切的原形。在这严冬笼罩的宁静的城市的沉寂中,什么都听不见,只有雪片纷落时隐隐约约、无以名之、飘忽不定的窸窣;与其说是声响,不如说是感觉,因为那不过是充满空间、覆盖世界的轻微原子的骚动。

那个男子又出现了,提着他那盏灯,拉着一匹不情愿跟着来的垂头丧气的马。他把马安置在车辕里,系上绳套,又围着马车转了好久,才把马具扎牢靠,因为他一只手得提灯照亮,只能用另一只手干活。他正要去拉第二匹牲口的时候,发现旅客们全都木然不动地待在那里,像一个个雪人儿,便对他们说:"各位干吗不上车?至少能躲躲雪呀。"

这以前他们大概没想到上车,一经提醒便连忙向马车涌去。那三位男士先把各自的妻子安顿在车厢尽里头,随后自己也上了车;接着,几个模糊的身影和戴面纱的人,也在剩下的位子上就座,彼此间一句话也没说。

车厢底板上铺着麦秸,大家都把脚伸到麦秸里。坐在尽里头的几位夫人随身带着装有化学炭的铜质小暖炉,这时便都点燃起来,并且低声列举着这种设备的优点,说了好一会儿,无非是互相重复一些她们早就知道的事。

驿车终于套好了,因为路滑难行,原来是四驾的马车,现在套了六匹马。车厢外面有人问:"全上车了吗?"车内一个声音回答:"全上啦。"驿车便启动。

马车行进得很慢很慢,寸步维艰。车轮深陷在雪里;整个车身都在呻吟,发出低沉的咯吱声。六匹马一跌一滑,气喘吁吁,汗气腾腾。车夫那条长鞭子不停地噼啪作响,前后左右地飞舞,忽而卷起,忽而展开,犹如一条细蛇,照一匹马滚圆的屁股狠抽一鞭,那马就猛地用力绷紧了身子。

不知不觉,天渐渐亮起来。一位土生土长的鲁昂旅客形容为棉雨的轻柔雪花,也不再落了。暗淡的微光透过大片浓重乌黑的云层,把白茫茫的大地反衬得分外明亮。田野上一会儿出现一排披着雪衣的大树,一会儿出现一座戴着雪帽的茅屋。

借着黎明时惨淡的亮光,车里的人开始好奇地彼此打量。

在车的最里头,最舒适的位置上,大桥街的葡萄酒批发商鸟先生和他的夫人正面对面地在那里打盹儿。

鸟先生原来是个店伙计,老板的生意破产,他就买下那间铺子,并且发了家。他用低廉的价格把很次的葡萄酒卖给乡下的零售商;认识他的人,直至他的亲朋好友,都公认他是个狡猾的奸商,鬼点子多而又爱逗乐的地道的诺曼底人。

他的奸商的恶名是那么昭著,以至于在省长官邸的一次晚会上,本地的一个名人,擅长写尖刻风趣的寓言和歌谣的图尔奈先生,见女宾们有些困倦,便提议她们玩一局"鸟儿飞"①。这个双关语顿时飞遍省长的所有客厅,继而又飞遍全城的所有客厅,让全省人咧嘴讪笑了足有一个月。

此外鸟先生还有一个出名的地方,就是爱搞各种各样的

---

① 法文的"voler"一词具有"偷"和"飞"两种意义。这里表面上说"鸟儿飞",实际上是说"鸟儿偷"。

恶作剧,开一些善意或者恶意的玩笑;无论谁谈到他,都不免立刻加上这样一句:"这个鸟,真是个花钱也难买的活宝。"

他个头矮小,挺着大球似的肚子,上面安着一张红通通的脸,夹在两绺花白鬓须之间。

他太太却是个高大、强壮、果断的人,说话嗓门高,主意来得快。她一身二任,既是主管又是财务;而他总以欢快的举动来活跃气氛。

坐在他俩旁边的神态庄重得多的卡雷-拉马东先生,属于一个更高的阶层。他可是个炙手可热的人物,在棉纺织业举足轻重,拥有三家纺织厂,得过荣誉勋位团①军官勋章,现任省参议院议员。在整个帝政时期②,他一直是温和反对派的领袖;而他扮演这个角色只有一个目的,就是先用"彬彬有礼的武器"(这是他自己的说法)抨击政府的某项提案,再投票赞成该提案,可以要价更高。卡雷-拉马东太太比丈夫年轻许多;驻鲁昂的出身名门望族的军官们可以经常获得她的慰藉。

她此刻蜷缩在毛皮大衣里,坐在丈夫对面,相形之下愈显玲珑、娇憨、美丽。她正用颓丧的目光看着车厢里的凄苦情景。

与他们相邻的是于贝尔·德·勃雷维尔伯爵夫妇。这个

---

① 荣誉勋位团:由拿破仑创立于一八〇二年的法国国家授勋制度,包括五个类别:骑士、军官、指挥官、司令官、大十字,沿用至今。
② 指拿破仑三世统治下的第二帝国(1852—1870)。它是法国历史上第二个波拿巴家族执政的资产阶级军事专政国家。

★10

姓氏堪称诺曼底最古老、最高贵的姓氏之一。伯爵是个气度轩昂的老绅士。为了突出自己和国王亨利四世①天生的相像，他在衣着修饰上煞费苦心；因为根据一个令他的家族引以为荣的传说，亨利四世曾经使德·勃雷维尔家的一位夫人怀上身孕，这女子的丈夫还因此被晋封伯爵，荣任省长。

于贝尔伯爵是卡雷-拉马东先生在省参议院的同僚，他代表的是本省的奥尔良派②。他同南特③一个小造船厂主女儿结婚的内情，至今神秘莫测。不过，伯爵夫人雍容大气，待人接物无人可比，据说还博得过路易-菲利普④一个公子的垂爱，以至贵族们都对她热情有加。她的客厅在本地首屈一指，只有在那里还保留着对贵妇人殷勤献媚的古老的骑士遗风，要想成为其座上宾简直难之又难。

德·勃雷维尔夫妇的财产全是不动产，据说每年有多达五十万法郎的进项。

这六个人构成车上的基本阵容，是社会上有可靠收入、生活安逸、实力雄厚的一方，是信奉宗教和原则的有权势的正人君子。

真是巧得出奇，所有的夫人都坐在一边的长凳上；伯爵夫人旁边是两位慈善修女，手拨着长串的念珠，喃喃有词地念着

---

① 亨利四世（1553—1610）：法国国王，波旁王朝的创建者。
② 奥尔良派：拥护波旁家族的奥尔良系、主张君主立宪制度的政治派别。
③ 南特：法国西部最大城市，卢瓦尔河大区首府和大西洋卢瓦尔省省会。
④ 路易-菲利普（1773—1850）：法国七月王朝（1830—1848）国王，属波旁家族的奥尔良系。

《天父颂》和《圣母颂》。其中年老的那一个,脸上满是小小的麻点,好像迎面中了几发霰弹。另一个很瘦弱,生着一张美丽而病态的脸,胸腔塌瘪,看来是饱受痨病和造出殉教者、盲从者的酷烈信仰的吞噬。

两个修女的对面,一男一女吸引了所有人的目光。

那个男的,很有名气,是有身份的人都惧怕三分的"民主党"科尔纽岱。二十年来,他常在民主党人出入的咖啡馆的啤酒杯里滋润他那红棕色的大胡子。他和一伙哥们朋友吃掉了做糖果商的父亲留下的一笔相当可观的家产,急不可待地巴望着共和国出世,以便获得他为革命喝下那么多啤酒以后理所应得的职位。九月四日事变①时,大概是有人捉弄他,他自以为被任命为省长了;可是当他去上任时,省政府留下的勤杂人员已经成为那里独一无二的主人,拒绝承认他,他只好打道回府。不过他倒确实是个好样的男子汉,没有害人之心而且乐于效劳,他以无比的热忱挑起了组织本城防务的重担。他指挥人们在平原上挖了许多坑,砍倒了附近树林里的所有小树,在公路上布下一个个陷阱;当敌军逼近时,他觉得自己的战备工作已经尽善尽美,便迅速撤回城里。他现在要去勒阿弗尔发挥更大的作用,因为那里也很快就需要构筑新的防御工事。

那女的,是个人们俗称的窑姐儿,因为年纪轻轻就发了福

---

① 九月四日事变:一八七〇年九月一日拿破仑三世在色当投降后,九月四日法国人民起来推翻了第二帝国,成立第三共和国。

而出名,得了个绰号叫"羊脂球"。她身材矮小,浑身圆滚滚的,肥得要流油;手指也肉鼓鼓的,每个指关节都像用绳子勒了一圈,犹如一串串短香肠;紧绷的皮肤很光亮,硕大的胸脯隔着衣服高高隆起。不过她还是令不少人垂涎欲滴,争相追逐,因为她那鲜艳的气色着实叫人看了喜欢。她的脸蛋像鲜红的苹果,又像含苞欲放的芍药;面庞的上部睁着两只顾盼有神的乌黑的眼睛,围着长而密的睫毛,眸子里映着睫毛的倒影;面庞的下部是一张迷人的小嘴儿,滋润得正适合亲吻;嘴里生着两排精致晶莹的牙齿。

据说,她还有许多难以估价的长处。

一认出是她,那几位正派女人之间便传开了耳语;虽是耳语,但说到"婊子""社会耻辱"之类的字眼时,声音却特别响,让她不禁抬起头来。她扫视着全车人,目光是那么大胆而又富有挑战意味,车里顿时鸦雀无声。大家都低下头,只有鸟先生斜眼瞅着她,似乎有些兴奋。

不过那三位夫人很快又谈起话来。这个妓女的存在让她们突然成了朋友,甚至是知己了。在她们看来,面对这个

不知廉耻的娼妇,她们必须把自己身为人妻的尊严联合起来,因为合法的爱情总是傲视自由行事的同行。

同样,在科尔纽岱面前,另外那三个男的也出于保守派的本能而彼此更加接近;他们正用鄙夷穷人的口吻谈论着金钱。于贝尔伯爵历数普鲁士人给他造成的损害,以及丢失牲畜、遗弃庄稼将会造成的损失,摆出一副身价千万的大领主满不在乎的神情,似乎这种种灾难大不了给他带来一年的不便。在棉纺织业历经风雨的卡雷-拉马东先生多了个心眼儿,已经汇了六十万法郎存在英国,那是他以备不时之需的止渴的梨。至于鸟先生,他已经谈妥一笔交易,把他酒窖里剩下的普通葡萄酒全部卖给法军后勤部,因此国家欠着他一大笔钱,他满心指望能在勒阿弗尔拿到这笔钱。

这三个人一边谈着一边频频交换着友好的目光。虽然他们身份不同,但是"有钱"使他们感到彼此就如同拥有财富、手插进裤兜金币叮当响的伟大共济会中的兄弟①。

车走得那么慢,到上午十点钟,走了还不到四法里。男乘客们曾经三次下车,徒步爬过上坡的路。人们开始焦虑起来,因为原定在托特镇②吃午饭,现在连天黑前到达那里的希望也没有了。每个人都暗自观察着,但愿能在公路边发现一个小酒馆。偏偏驿车陷进一个大雪堆,花了两个钟头才拖出来。

---

① 共济会:十八世纪初起流行于欧洲后扩及北美的一个秘密结社,其成员起初限于上层社会。成员之间以"兄弟"相称。
② 托特:法国市镇,位于诺曼底地区、塞纳滨海省,距离鲁昂市二十九公里。一八八一年时有居民八百三十四人。

与时俱增的食欲,弄得人心里发慌。看不到一个小饭馆,看不到一个小酒店。迅速逼近的普鲁士军队和饥肠辘辘的路过的法国部队,把商家全都吓跑了。

每经过一个靠近大路的农庄,男人们就跑去找吃的,但是他们连一块面包也没有弄到;深怀疑惧的农民怕大兵抢他们,已经把储备的食品都藏了起来。因为那些大兵没有吃的,见到什么吃的都强取豪夺。

下午一点钟光景,鸟先生坦承他确定无疑地感到胃里空得难受。大家也像他一样早就在忍受着饥饿的折磨;吃东西的强烈需要有增无已,已经扼杀了谈话的兴致。

不时地有人打个哈欠,几乎立刻就有另一个人跟着打,于是人人都轮流打起来。因性格、教养和社会地位不同,打法也各异。有的张开大嘴发出一阵巨响;有的则自爱地连忙用手捂住张开的嘴,只见冒出一股热气。

羊脂球好几次弯下腰去,像是在衬裙底下找什么东西。但她每次都迟疑片刻,看看周围的人,又默默地直起身来。人们都脸色苍白,眉头紧锁。鸟先生声称他不惜出一千法郎买一只肘子。他妻子做了个动作似乎要抗议,不过还是忍住了。每当她听说要破费金钱,总是心如刀割;在这种事上,即使是开玩笑她也会当真。"的确,我也觉得不大舒服,"伯爵说,"我怎么就没想到带点吃的来呢?"其实每个人都在这样责怪自己。

科尔纽岱带了满满一壶朗姆酒①;他请大家喝一点,人们冷冰冰地谢绝了。只有鸟先生领情,抿了两口。他递还酒壶时感激地说:"喝一点确实有好处,能暖暖身子,也能忘了饿。"酒一下肚,他又有了好心情,提议仿效歌谣中唱的小船上的做法,吃那个最胖的旅客。这话分明是影射羊脂球,让几位有教养的人颇为反感。谁都不理他,只有科尔纽岱微微一笑。两个修女已经不再喃喃祈祷;她们把手缩进宽大的袖笼里,纹丝不动地坐着,死命地低着头,大概正在领味上天赐给她们的痛苦,作为对上天的奉献。

三点钟,驿车正行驶在一片一望无际的平原上,视野中没有一个村落。羊脂球终于毅然地弯下腰,从长凳底下拉出一个白色餐巾盖着的大篮子。

她先从篮子里取出一个小瓷碟、一只小银杯,接着又取出一个大罐子,里面盛着两只切成块的仔鸡,浸在凝冻的酱汁下面;篮子里大包小包的还有不少别的好东西:肉糜啦、水果啦、甜点啦,总之准备的食品足够三天旅程吃的,根本不用碰旅店厨房做的饭菜。四瓶葡萄酒从这些食品包中探出头来。她拿起一个鸡翅膀,就着一块诺曼底人称为"摄政"的小面包,细嚼慢咽地吃起来。

众人的目光都向她射去。香味很快就扩散开,刺激得他们张大了鼻孔,馋涎源源涌到嘴边,耳根下面的腭骨也绷得酸痛。几位夫人对这个妓女的轻蔑简直到了残暴的程度,恨不

---

① 朗姆酒:一种以甘蔗糖蜜为原材料生产的蒸馏酒。

得杀了她,或者把她扔下车,扔到雪地里;不光她,还有她的金属酒杯、篮子和那些食品。

可是鸟先生却用他那双馋眼狠命地盯着盛鸡的罐子,说:"这多好啊,这位夫人比我们有远见。世上有些人,总是事事都想得很周到。"羊脂球抬起头望着他,问:"您愿意吃一点吗,先生? 从清早饿到现在,怪难受的。"他点点头,说:"敢情! 说良心话,我还真不能拒绝,我实在顶不住了。打仗的年头就得按打仗的年头办。夫人,您说是不是?"他朝周围的人瞟了一眼,接着说:"在这样的关头,遇到乐于帮你的人,真让人高兴。"他把带来的一张报纸铺开,免得裤子沾上油污;然后掏出总放在衣袋里的刀子,用刀尖挑起一只裹着冻汁的鸡腿,用牙撕成小块,就大嚼起来,吃得那么津津有味,车里响起一片痛苦的长叹声。

不过羊脂球又用谦逊而温和的声音邀请修女们分享她的便餐。她们俩立刻接受,眼皮也不抬,只含含糊糊地说了两声"谢谢",便忙不迭地吃起来。科尔纽岱也没有拒绝这位邻座女子的好意。加上两位修女,大家把报纸摊在腿上,就这样拼成了一张餐桌。

几张嘴不停地张开又闭拢,闭拢又张开,啃啊,嚼啊,吞啊,犹如饿虎扑食。鸟先生在他那边埋头吃着,并且低声劝他的妻子也照他的样子做。她抵制了好一会儿,后来五脏六腑都抽搐得痛苦难当,这才让步。于是她丈夫用委婉圆通的语气问他们"可爱的旅伴",是否允许他献一小块鸡肉给鸟夫人。羊脂球说:"可以,当然可以,先生。"便笑容可掬地把罐子递了过去。

第一瓶波尔多葡萄酒打开以后,发生了一件让人为难的事:这么多人只有一个酒杯。于是只好一个人喝过以后,把杯边儿擦一下再传给下一个人。只有科尔纽岱,大概是为了献媚吧,偏偏把嘴唇对准羊脂球的唇迹未干的地方喝。

此刻,在进餐者包围中的德·勃雷维尔伯爵夫妇和卡雷-拉马东夫妇,被阵阵食物的香味逼得喘不过气来,正受着以"坦塔罗斯"①命名的那种苦难的折磨。突然,棉纺织厂主的年轻妻子发出一声悲吟,大家都向她转过头去,只见她脸色像车外的积雪一样惨白,眼一闭,头一耷拉,已经失去知觉。她丈夫惊慌失措,求大家帮忙。在座的人都束手无策;这时那个年长的修女托起病人的头,把羊脂球的酒杯轻轻对着她的嘴缝儿,让她吞下几小口葡萄酒。那美丽的妇人蠕动了一下,眼睛睁开了,浮现一丝笑容,有气无力地说她现在感觉好多了。不过,为了避免再发生这种情况,老修女又硬要她喝了一满杯波尔多,然后说:"是饿坏了,没有别的原因。"

这时,羊脂球脸涨得通红,显得进退两难,望着那四位依然饿着肚子的旅伴,吞吞吐吐地说:"天啊,我能不能冒昧地请这几位先生和夫人……"她欲言又止,怕反遭奚落。鸟先生却接过来说:"嗨!当然啰,在这种情况下大家都是兄弟,理当互相帮助。来吧,夫人们,别客气,接受吧,何必呢!咱们

---

① 坦塔罗斯:传说中的吕狄亚国王,因触犯诸神,被罚永受饥渴之苦,他置身于上有果树的河中,河水深及下巴,低头喝水时水即减退,抬头想吃果子时,树枝即提高。

能不能找个住处过夜都还不知道呢！照现在这个走法，明天中午以前肯定到不了托特。"那四个人还犹犹豫豫的，谁都不敢承担责任说一声"好吧"。

最后还是伯爵解决了问题。他侧身面向怯生生的胖姑娘，摆着他那副高贵的绅士派头，说："我们就感激地领情了，夫人。"

万事开头难。一旦跨过鲁毕功河①，大家就长驱直入了。篮子一扫而空。篮子里原来还装着一份鹅肝酱、一份鸫肉糜、一块熏牛舌、几个水蜜梨、一大块主教桥奶酪②、一些小点心和满满一瓶腌制的小黄瓜和葱头。羊脂球也和所有的妇女一样，特别喜欢吃各种生菜。

既然吃了这胖姑娘的东西，就不能不跟她说话了。于是大家聊起天来。起初人们还有几分拘谨，后来见她言谈举止非常得体，也就放松多了。德·勃雷维尔夫人和卡雷－拉马东夫人都很懂得人情世故，对羊脂球亲切而又不失身份。伯爵夫人尤其表现出接触任何污秽都玷污不了的高洁女子的屈尊俯就、和蔼可亲，简直可爱极了。不过壮实的鸟夫人却抱着宪兵的心理不放，始终倔头倔脑，说得少，吃得多。

大家自然而然地谈到战争。他们讲了许多普鲁士人的恐怖行径和法国人的英雄事迹。别看这些人自己正忙于逃命，他们对

---

① 鲁毕功河：意大利北部一条河流，古代为罗马与高卢的界河。为保障罗马的安全，罗马议院曾宣布任何人率一兵一卒越河驱向罗马即为罪过。后恺撒不顾禁令，率军越河，推翻了罗马政权。
② 主教桥奶酪：诺曼底地区主教桥镇特产的一种奶酪。

别人的勇敢却都极表敬佩。接着,他们又开始讲起各自亲身经历的故事。羊脂球怀着真挚的感情,用妓女们表达由衷愤怒时惯常的激动语调,叙述了自己被迫离开鲁昂的经过。"我原以为能在鲁昂待下去,"她说,"我家里存了很多很多食物,我宁愿管几个士兵的饭也不愿背井离乡,何况也不知道该去哪儿。可是,这些普鲁士人,等我真的见到了他们,我实在不能忍受了;他们简直把我的肺都气炸了。我羞愧得整整哭了一天。啊!倘若我是个男人,那就简单了!我从窗子里看着他们,这些头戴尖顶钢盔的大肥猪,我的女仆抓住我的手,我才没把家具扔出去砸断他们的脊梁骨。后来他们竟然上门来要住在我家里。第一个刚进门,我就扑上去掐住他的喉咙。原来掐死他们并不比掐死别人费劲!那个家伙,要不是有人抓住我的头发往后拉我,我早把他干掉了。可是这一来,我就不得不躲起来。最后,我找到一个机会逃了出来,才乘上这辆车。"

  人们把她大大夸赞了一番。在旅伴们的心目中,她顿时变得高大了,因为他们都不如她表现得勇敢。科尔纽岱一直边听边露出信徒般善意和嘉许的微笑,就像一个神父听一个虔诚信徒赞美上帝。因为留大胡子的民主党人拥有爱国主义的专利,正如穿袈裟的人拥有宗教的专利。轮到他说话了,他用的是说教的口吻和从每天张贴在墙上的各种宣言里学来的夸张的言辞,最后还以一通崇论宏议严厉谴责了那个"恶棍巴丹盖"①。

----

  ① 恶棍巴丹盖:拿破仑三世的绰号。他于一八四〇年起事失败后被囚于阿姆堡,一八四六年借砖石匠巴丹盖的衣裳得以脱逃。

不料羊脂球闻言立刻火冒三丈，因为她是拿破仑三世的崇拜者。她的脸涨得比樱桃还红，气得说话也口吃了："我倒想看看你们，你们这些人，处在他的位置会是个什么样子。那才好看呢，啊，一定！这个人，准是叫你们给出卖了！要是让你们这些捣蛋鬼来统治，大家只好离开法国了！"科尔纽岱并不动气，只露出一丝轻蔑、傲慢的微笑，不过可以感觉到，粗话就要来了。多亏伯爵出面调和，以权威的口气宣称一切真诚的见解都应当受到尊重，才好不容易让那义愤填膺的姑娘消了气。而伯爵夫人和棉纺织厂主夫人，出于体面人对共和国的无端仇恨和所有妇女对浮华而又专制的政府的本能好感，不由自主地被这个妓女吸引了；因为她充满自尊，她的感情看来又同她们那么相近。

篮子已经空了。十个人毫不费力就把满篮食物吃个精光，只嫌那篮子还不够大。谈话又继续了一会儿；不过自从东西吃光以后，气氛就冷淡了一点。

夜晚降临，天色逐渐黑下来。食物不断消化，人们对寒气也更加敏感。尽管羊脂球身体肥胖，也不免直打哆嗦。德·勃雷维尔夫人表示愿把自己的小暖炉借给她烤一会儿；从清早起那小暖炉已经换过好多次炭了。羊脂球立刻接受，因为她觉得两只脚早就冻僵了。卡雷-拉马东夫人和鸟夫人也把各自的小暖炉递给两个修女。

车夫已经点起马灯。借着强烈的灯光，只见驾辕马汗淋淋的屁股上腾起一片热气，大道两侧的积雪在摇曳的光影里仿佛向后滚滚疾驰。

车里黑得伸手不见五指;但是突然在羊脂球和科尔纽岱之间发生了某种动作;两眼一直在黑暗中搜索的鸟先生,自信看见那留着大胡子的人急忙躲闪了一下,似乎挨了不声不响但却结结实实打过来的一拳。

大路前方出现点点微弱的灯火。那就是托特镇。马车足足走了十一个小时,加上四次间歇让马吃燕麦、喘口气的两个小时,将近十四个小时。马车进了镇,在通商旅店门前停下。

车门开了!一阵很耳熟的声音让所有旅客打了个寒战;那是刀鞘触地发出的响声。紧接着就听到一个德国人叫嚷着什么。

驿车虽已站稳,但是谁也不愿意下车,就好像人们料定一出车门就有杀身之祸。这时车夫提着一盏马灯出现了;灯光一直射到车厢的深处,照出两排惶恐不安的脸,全都惊吓得张大了嘴,瞪大了眼睛。

在车夫旁边,明亮的灯光里站着一个德国军官,一个高个子年轻人,身材特别瘦,头发金黄;上身紧裹在军装里,就像个穿着紧身胸衣的姑娘;歪戴平顶漆布鸭舌军帽,又像一个英国旅馆的侍役。他那硕大的髭须,长长的须毛直挺挺的,向两边没完没了地延伸,越来越稀,最后只剩一根金黄色的细须,细到看不清末梢。这两撇髭须挂在嘴角看来颇有些分量,坠得脸蛋往下沉,把嘴唇也拉成向下的弧线。

他操着阿尔萨斯口音的法语,用生硬的语调请旅客下车:"先生们和代代(太太)们,请泥(你)们虾(下)车好吗?"

两位修女首先乖乖地从命,因为圣门女子惯于对一切都逆来顺受。接着走出来的是伯爵和伯爵夫人,然后是棉纺织厂主和他的妻子,再后面是鸟先生推着他的大块头的婆娘。鸟先生脚刚落地,就对那军官说了声:"您好,先生。"他这样做,与其说是出于礼貌,不如说是出于谨慎。可是世上的强权者全都傲慢无礼,那军官只看了他一眼,根本没搭理他。

羊脂球和科尔纽岱虽然坐在车门口,却最后下车;在敌人面前,他们神情庄重,昂首挺胸。胖姑娘竭力控制住自己,尽量表现得镇定自若。那民主党人则用一只手抚弄着红棕色的长胡子,这只手还微微颤抖,很有点壮烈的意味。他们要保持自己的尊严,因为他们明白在这种场合每个人都多少代表着自己的国家;他们对旅伴们的软弱都同样感到气愤。她,竭力表现得比邻座的几位正派妇女更勇敢;而他,深感自己应该做出表率,一举一动都在继续公路上刨坑时就开始的抗敌使命。

他们走进旅店的宽敞的厨房。德国军官让他们出示总司令签发的通行证,那上面记载着每位旅客的姓名、相貌特征和职业。他一面看本人,一面对照证件,把这群人一一审视了好久。

然后他突然说了声:"耗(好)了。"就扬长而去。

大家这才透了一口气。他们肚子又饿了,便叫准备晚饭。晚饭至少也得半小时才能准备好,趁两个女侍忙碌的时候,他们先去参观一下各自的房间。客房全都在一条长长的走廊里,走廊尽头是一扇玻璃门,门上标着一个不言自明的号码①。

---

① 指厕所,法国人习惯以"一百号"为厕所的隐语。

终于到了要坐下吃饭的时候,旅店老板露面了。此人马贩子出身,是个有哮喘病的胖子,喉咙里不停地发出哨声、嘶声和痰声。父亲给他传下的姓是弗朗维。

他问道:

"哪一位是伊丽莎白·鲁塞小姐?"

羊脂球吃了一惊,转过身去回答:

"我就是。"

"小姐,普鲁士军官要立刻跟您谈话。"

"跟我?"

"是的,如果您就是伊丽莎白·鲁塞小姐。"

她先是不知所措,但思考了片刻,随即断然声明:

"也许是找我吧,不过我不去。"

她周围一阵骚动;大家议论纷纷,每个人都在揣摩这道命令的缘由。伯爵走到她身边说:

"夫人,您这样做不大妥当;如果您拒绝,可能惹来很大的麻烦,不仅对您自己不利,而且会连累您的所有旅伴。绝不能和强者作对。他这个举动肯定不会包含什么危险;大概是忘了办某一项手续吧。"

大家都赞同伯爵的看法,一齐央求她,催促她,用大道理压她,因为所有人都怕由于她一时任性会惹来麻烦。她终于被说服了,说:

"好吧,我去,这可全是为了你们呀!"

伯爵夫人握住她的手:

"那么,我们就都谢谢您了。"

她走了出去。大家等她回来再开饭。

每个人都在惋惜,怎么不召见自己,而偏偏召见这个脾气暴躁、容易发火的姑娘;并且在心里琢磨着叫到自己时该说的套话。

可是过了十分钟,她回来了,喘吁吁的,脸憋得通红,怒气冲天。还反复嘟囔着:"啊,恶棍!真是个恶棍!"

所有的人都急于知道是怎么回事,但她就是一句也不说;伯爵一再追问,她才十分郑重地回答:"不,这事与你们无关,我不能说。"

大家这才围着一个散发出白菜香味的大汤盆坐下。尽管刚受了一场惊吓,这顿晚饭吃得还挺愉快。苹果酒不错,鸟夫妇和两个修女为了省钱就喝苹果酒。其他几位要的是葡萄酒,只有科尔纽岱要了啤酒。他喝酒有一套自己独特的方式:启开瓶塞,让啤酒溢出白沫,歪着酒杯端详一会儿,把杯子举到灯和眼睛之间鉴赏一番酒的颜色。喝酒时,他那和他偏爱的饮料色泽相近的大胡子也仿佛激动得颤抖;他瞟着大酒杯,绝不让它片刻脱离他的视野;他那副神气,就好像在完成他降生人世的唯一使命。简直可以说,在他的头脑里,淡色啤酒和革命这占据他整个生命的两大爱好,已经密不可分,甚至融为了一体,他绝不会品尝着前者而不联想到后者。

弗朗维夫妇在饭桌的一头吃饭。男的像疲惫的火车头呼哧哮喘着,因为胸腔呼扇得太频繁,顾得吃就顾不得说话;女的话匣子却一刻也没有停。她讲了普鲁士人来后给她的种种印象,他们干了些什么,说了些什么;她恨透了普鲁士人,首先因为他们害得她损失了不少钱,其次因为她有两个儿子在军队里。她特别爱跟伯爵夫人聊天;能同一位贵妇人说上话,她心里美滋滋的。

接着她又压低嗓门说了些敏感的事。她丈夫不时地拦住她:"你最好别说了,弗朗维夫人。"可是她根本不理会,仍旧说下去:

"哎呀,夫人,那些人呀,吃东西专认一门,不是土豆烧猪肉,就是猪肉烧土豆。别以为他们多么爱干净。才不呐!恕我在您面前说话失礼,他们到处拉屎撒尿。您要是看看他们一连几小时甚至几天地操练,那才逗乐呢!他们挤在一块空地上,向前走,又向后走;往这边转,又往那边转。他们哪怕在自己国家里种种田、修修路也好呀!可是不,他们偏偏当了兵,夫人,这可对任何人都没有好处!可怜的老百姓养活他们,难道就是为了让他们什么也不学,只学杀人吗?不错,我只是个没受过教育的老婆子,可是看到他们从早到晚地踏过来踏过去,累得筋疲力尽,我就想:有些人为了造福人,发明了那么多东西,而另一些人却为了损害人,给自己找那么多苦头吃,何必呢? 干吗要这样呢? 真的,杀人——不管杀的是普鲁士人、英国人、波兰人还是法国人——不都是很可恶的事吗? 要是某个人损害了你,你就报复他,这不对,会判你罪;可是,有人开枪杀我们的子弟,就像杀猎物似的,难道就对吗? 要不,为什么给杀人最多的人授勋呢? 不,跟您说吧,这种事我永远也想不通!"

科尔纽岱提高了嗓门说:

"进攻一个爱好和平的邻国,那种战争是野蛮行为;为保卫祖国而战,这可是神圣的义务啊。"

那老婆子点头认同,说:

"当然,要是自卫,那又是另一回事了;不过即使自卫,不也是更应该去杀光那些帝王吗? 是他们拿打仗来取乐的呀。"

科尔纽岱的眼睛闪出了火花:

"说得好,女公民!"

卡雷-拉马东先生在做深刻的思考。他狂热地崇拜声名显赫的战将,但这个乡下女人的见识却让他浮想联翩:如今有那么多人不务正业、尽搞破坏,供养着那么多人不从事生产;如果把他们用在几百年才能完成的大规模实业建设上,能给一个国家带来多少财富啊。

鸟先生却离开自己的座位,同旅店老板低声聊天。那胖子笑着,咳嗽着,不停地吐着痰;对方的戏谑逗得他纵声大笑,硕大的肚子不住地欢跳;他向鸟先生订了六桶波尔多葡萄酒,明年春天,等普鲁士人走了就交货。

大家都已经疲惫不堪,所以吃完晚饭就去睡了。

唯独鸟先生,已经把一些事看在眼里,服侍老婆睡下以后,便时而把耳朵贴在锁孔上倾听,时而把眼睛贴在锁孔上细瞧,试图发现他所谓的"走廊秘事"。

约莫过了一个钟头,他听到一阵窸窣声,连忙定睛凝视,只见羊脂球走过来,身穿一件镶白色花边的蓝色开司米浴衣,显得更加丰腴。她手里端着一个小烛台,向走廊尽头那扇大号码的门走去。就在这时,旁边的一扇门拉开了一条缝。过了几分钟羊脂球走回来,科尔纽岱跟在她后面,只穿着衬衫和背带裤。他们低声说着话,然后站住了。羊脂球似乎坚决不让科尔纽岱进她的房间。不幸的是鸟先生听不清他们说些什么;不过后来他们抬高了嗓门,他终于抓住了几句。科尔纽岱急切地恳求,说:

"嗨,您真是够傻的,对您来说这又有什么关系呢?"

她好像很气愤,回答:

"不行,亲爱的,有些时候,那种事是做不得的;尤其在这儿,那简直是可耻的事。"

科尔纽岱似乎根本不理解,问她为什么。这一下羊脂球火了,嗓门也提得更高:

"为什么?您还不懂为什么?您不知道普鲁士人就在这所房子里,也许就在旁边这个房间里吗?"

他哑口无言了。一个妓女,因为敌人在附近,就拒绝男人的温存。想必是这种爱国主义的廉耻心唤醒了他灵魂中那摇摇欲坠的尊严,他只吻了她一下,就蹑手蹑脚地走回自己的房间。

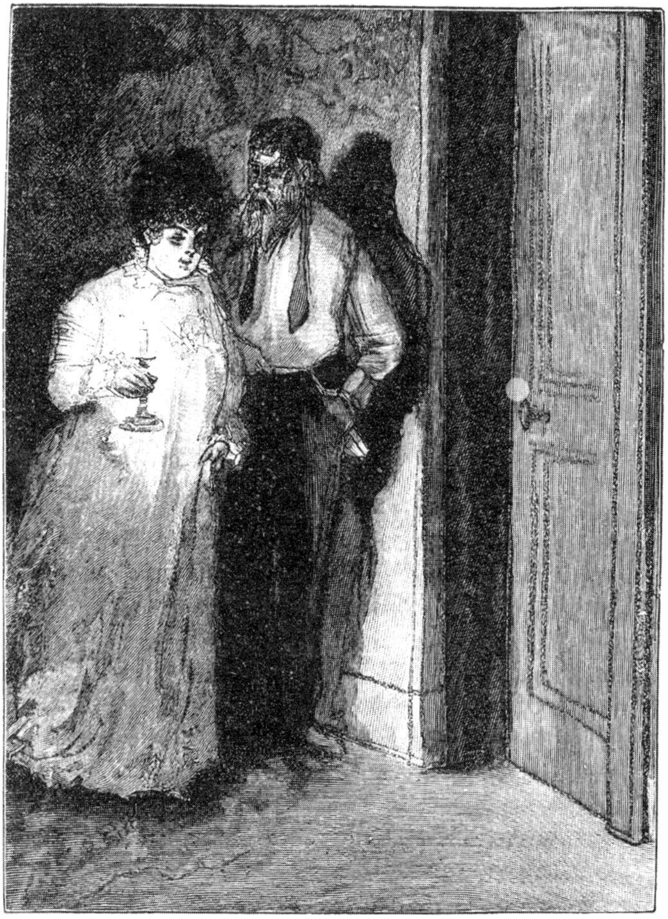

鸟先生却兴奋起来,离开锁孔,在房间里来了个击脚跳;戴上睡帽,掀开盖着他老婆那帮硬的身躯的被子,一个亲吻弄醒了她,轻声问道:"宝贝儿,你爱我吗?"

整个旅店寂静下来。但是过了不久,不知什么地方,也说不清什么方向,可能是地窖里,也可能是阁楼里,响起强劲、单调、有规律的鼾声,沉闷而又绵长,还像锅炉受到蒸汽压力一样颤抖着。弗朗维先生在酣睡。

原定第二天早上八点钟动身,所以大家都按时在厨房里聚齐了。但是那辆马车篷布上覆盖着一层积雪,依旧孤零零地停在院子中间,既没有套马,也不见车夫。人们把马厩、饲料房、车棚找了个遍,也不见他的踪影。全体男乘客决定去外面打探情况,便走出旅店。他们来到广场,尽头是一座教堂,两侧是一些低矮的房屋,里面都有普鲁士军人。他们先看到一个在削土豆;走了几步,又看到一个在理发铺里帮着打扫;还有一个胡子一直长到眼圈的,正亲吻一个啼哭的娃娃,在膝上颠晃着他,想方设法哄他别哭。丈夫都已经去了"作战部队",这些留守的肥胖乡妇们,正打着手势向俯首听命的占领者们分派他们该干的活:劈木柴,把肉汤倒在面包上,或者磨咖啡。有个士兵甚至在给手脚不灵便的房东老太婆洗衣裳。

伯爵大为惊讶,见一个教堂执事从神父的住所走出来,便上前打听。那虔诚的老信徒回答他:"噢!这些人可不是坏人;据说他们不是普鲁士人。他们住的地方更远,我也说不清是什么地方;他们全都把老婆孩子撇在家乡。您想呀,战争对他们来说也不是开心的事!我敢肯定,那边的家人也在为这些男人伤心流泪呢。战争到头来只会让他们穷得叮当响,就跟咱们这儿一样!这里眼下还不算太糟,因为他们不但不干坏事,而且还像在自己家里一样干活。您瞧,先生,穷苦人之间就应该互相帮助……要打仗的是那些大人物。"

科尔纽岱见战胜者和战败者竟如此亲密和睦,气不打一处来,扭头便往回走,他宁愿自己闷在旅店里。鸟先生说了句逗乐的话:"他们在填补人口。"倒是卡雷-拉马东先生语重心长:"他们在弥补过错。"不过他们仍然没找到那个车夫。最后在镇上的咖啡馆里发现了他,车夫正跟那个普鲁士军官的传令兵像哥俩似的同桌共饮呢。伯爵质问他:

"不是吩咐过你八点钟套车吗?"

"是啊,吩咐过;不过后来我又接到另外一个命令。"

"什么命令?"

"不准套车的命令。"

"谁给你下的命令?"

"还用问!普鲁士军官呗。"

"为什么?"

"我可不知道。您去问他吧。人家不让我套车,我就不套。就是这么回事。"

"是他亲口对你说的吗?"

"不,先生,是旅店老板向我传达的他的命令。"

"什么时候传的?"

"昨儿晚上,我正要去睡觉的时候。"

三个男子忐忑不安地返回旅店。

他们要见弗朗维先生,可是女侍回答说,因为有哮喘病,弗朗维先生不到十点钟是从来不起床的。他甚至明确禁止提前叫醒他,除非失了大火。

他们想见普鲁士军官,不过根本不可能,尽管他就住在这个旅店里。凡是有关老百姓的事,他只允许弗朗维先生一个人同他谈。那就只有等待了。女士们又都上楼,回各自的房间去料理些无关紧要的事。

科尔纽岱在厨房的高大壁炉旁坐下来。炉火燃得正旺。他叫人把一张小咖啡桌挪过来,要了一小瓶啤酒,掏出烟斗抽起来。他那支烟斗在民主党人中间受到的敬重,几乎和他本人不相上下,仿佛它为科尔纽岱效劳,也就等于为祖国服务了似的。那是一支非常精致的海泡石烟斗,令人惊叹地结了厚厚的烟垢,和主人的牙齿一般黑,但是它香喷喷的、弯弯的、锃亮的,和主人的手亲密难分,为他的仪表增色不少。他坐在那里一动不动,时而凝视炉中的火苗,时而凝视杯中浮着的酒沫;他每喝完一口,总要一边吮着沾在胡子上的泡沫,一边心满意足地用又长又瘦的手指掠一下又长又油腻的头发。

鸟先生借口要活动活动腿脚,向本地的零售商们推销他的葡萄酒去了。伯爵和棉纺织厂主谈论起政治来。他们预测着法兰西的未来。一个对奥尔良党人抱有信心,另一个寄希望于横空出世的救星,大势已去的关头摇身而至的英雄豪杰:一个杜·盖克兰①,一个圣女贞德,是不是?或者另一个拿破

---

① 杜·盖克兰,贝尔特朗(约1320—1380):十四世纪法国民族英雄,曾多次击退英军入侵。

仑一世？啊！说不定是皇太子①呢,如果他不是这么年幼！科尔纽岱听着他们的谈话,频频微笑,俨然一个参透了命运奥秘的人。厨房里弥漫着他的烟斗散发出的浓香。

钟敲十点的时候,弗朗维先生露面了。大家连忙向他打听,无奈他也只能把这样几句话照本宣科地重复两三遍:"长官这样对我说:'弗朗维先生,你去通知车夫,明天不要给这批旅客套车。没有我的命令,不准他们动身。你听清楚了吗?这就够了。'"

于是他们要求见军官。伯爵给他递去自己的名片,卡雷-拉马东先生也在上面附上自己的姓名和全部头衔。普鲁士军官派人传来他的答复:他同意这两个人去和他谈话,不过要等他吃了午饭,也就是下午一点钟左右。

女士们又都下楼来,虽然惶惶不安,大家还是多少吃了一点。羊脂球好像病了似的,而且神情异常慌乱。

刚喝完咖啡,传令兵就来找两位先生。

鸟先生自告奋勇跟他俩去。他们试图拉科尔纽岱也一块儿去,好让这次斡旋活动显得更隆重些。但是他高傲地宣称,他不屑于同德国人有任何交往;说罢便回到壁炉边坐下,又要了一小瓶啤酒。

三位先生走上楼,被领进旅店最漂亮的一个房间,普鲁士军官就在这里接见他们。他倒在一张安乐椅里,两只脚跷在壁炉上,叼着一根长长的瓷烟斗,身穿一件绚丽夺目的

---

① 皇太子:指拿破仑三世的儿子。

睡袍,想必是从某个趣味低俗的小财主弃置的空宅里偷来的。他既不起身,也不跟他们打招呼,甚至连看也不看他们一眼。他为打胜仗的军人那本能的傲慢无礼提供了一个绝好的样板。

过了一会儿,他终于开口:

"泥(你)们由(有)什么事?"

伯爵说:"我们想动身,先生。"

"不杏(行)。"

"我可以请问一下不准我们走的原因吗?"

"因为沃(我)不远(愿)意。"

"我怀着极大的敬意提请您注意,先生,您的总司令已经发给我们去第埃普的通行证;而且我想我们也没有做什么错事,值得您这样严厉的惩罚。"

"沃(我)不远(愿)意……这就是劝(全)部理由……泥(你)们克(可)以下漏(楼)了。"

三个人只得鞠个躬,退出来。

午后的时光很难挨。不明白这德国人为什么这样任性;他们心里做着种种离奇古怪的揣测。大家待在厨房里,设想出许多似是而非的情况来,没完没了地讨论着。也许要把他们扣作人质?——可是目的何在呢?——也许要把他们当俘虏带走?也许是为了向他们勒索一大笔赎金?想到这里,他们吓坏了。最害怕的是最有钱的几位,他们仿佛已经看到自己为了赎命被迫把满袋满袋的金币倒在这个蛮横无理的军人的手里。为了隐瞒财富,假充穷人,很穷的穷人,他们挖空心思地编造着种种可以让人相信的谎言。鸟先生甚至把怀表的金链子摘下来藏在衣袋里。黑夜的降临更增加了他们的恐惧。灯已经点亮,可是离吃晚饭还有两个小时,鸟夫人就提议打一场"三十一分"①。这倒可以解解心中的郁闷。大家都赞同。连科尔纽岱也出于礼貌,熄灭了烟斗,凑上一手。

伯爵洗牌,分牌;羊脂球一上手就得了个三十一分;打牌的兴致很快就平息了萦绕在人们心头的恐惧。不过科尔纽岱发现鸟先生两口子串通作弊。

他们正要坐下吃饭的时候,弗朗维先生又来了;他用夹带着痰响的嗓音说:"普鲁士军官让问问伊丽莎白·鲁塞小姐,她改变主意了没有?"

羊脂球呆呆地站着,脸色煞白;接着唰地变得满脸通红,气愤得连话也说不出。过了半晌,她才大声吼道:"您告诉他,这个恶棍,这个坏蛋,这个普鲁士死狗,我永远也不会答应;听清楚了没有?永远,永远,永远也不会!"

肥胖的店主走了。大家把羊脂球包围起来,刨根问底,要她说出和普鲁士军官见面的内情。她起初坚持不说;可是,她气得实在忍不住了,嚷道:"他要干什么?……他要干什么?……他要跟我睡觉!"大家都愤怒极了,谁也没有觉得这句话刺耳。科尔纽岱把酒杯往桌面上使劲一杯,酒杯碎了。责骂那下流兵痞的声浪此起彼伏,义愤之情一发而

---

① "三十一分":一种纸牌游戏,参加者每人持三张牌,最先达到三十一分者为胜。

不可遏止,所有人都发誓进行抵抗,仿佛在敌人要羊脂球做出的牺牲里,他们也都被要求承担一份似的。伯爵厌恶地指出,这些人的行为简直和古代野人一样。几位夫人对羊脂球的同情更加强烈而又深切。两个不到开饭不露面的修女低下头,一言不发。

最初的狂怒平息以后,他们还是吃起饭来,不过很少说话,因为都在想心事。

女士们很早就各自回房;男人们一边抽烟一边组织起一桌牌局,并且邀弗朗维先生加入,打算借此机会巧妙地探探他的口风,看有什么办法可以排除那军官的阻挠。无奈他一心想着打牌,什么也听不进,什么也不回答;他只不断地重复着:"打牌,先生们,打牌。"他那么专心致志,连吐痰都忘了,这就给他的胸腔增添了几个延长音。他呼哨的肺叶发出的喘声样样俱全,从沉闷、浑厚的低音到小公鸡初试打鸣的尖声。

他老婆困得要命,来找他,他竟然拒绝上楼。她只好独自先走,因为她"赶早市",总是天一亮就起床,而她丈夫"值夜班",随时都准备和朋友们熬个通宵。他对妻子喊了句:"你把我的蛋黄甜奶放在火边上!"然后又继续打牌。大家见从他嘴里什么也套不出来,便说该回去了,于是各自去睡觉。

第二天他们仍然一大早就起床,抱着一线模糊的希望和更强烈的动身的渴望,同时又生怕要在这令人厌恶的小旅店再挨一天。

唉!几匹马还在马厩里,车夫依然不见踪影。大家没事可做,就围着马车转悠来转悠去。

午饭也是食不甘味。对羊脂球的态度变得冷淡了,因为夜晚常给人带来好主意,一夜过去,人们的见解已经有了变化。现在,他们几乎要埋怨这个妓女:昨夜何不悄悄去同那个普鲁士人私会,让旅伴们醒来时得到一个意外的惊喜?还有比这更简单的事吗?再说,谁会知道呢?她只要告诉那军官她是可怜旅伴们的苦境,就足可保全面子了。对她来说这实在是区区小事!

不过谁也没有把这些想法直截了当地说出来。

到了下午,大家都烦闷死了,伯爵提议到镇子周围去散散步。每个人都穿戴得严严实实,这一小帮人就出发了;只有科尔纽岱宁愿留下来烤火;还有两个修女,她们白天不是在教堂里就是在神父的住处打发时光。

气候一天比一天寒冷,冻得人鼻子耳朵就像针扎一般;脚也痛得厉害,每走一步都是一次磨难。等到田野出现时,无边无沿的白雪覆盖的原野在他们看来是那么凄凉,大家触景伤情,兴致顿减,很快就往回走。

四个妇女走在前头,三个男人隔不多远跟在后面。

鸟先生深知情况之严重,他突然发问:这"婊子"是不是还要害他们在这鬼地方待下去?伯爵总是那么温文尔雅,他说不能强求一个女人做出这样痛苦的牺牲,这种事只能出于她的自愿。卡雷-拉马东先生提醒:要是像人们议论的那样,法国军队正从第埃普方面反攻过来,会战的地点可能就在托特镇。这个想法顿时让另外两个人发起愁来。鸟先生说:

"那我们就徒步逃走吧。"伯爵耸耸肩膀,说:"您想过没有,冰天雪地,又带着我们的夫人,怎么逃?再说他们立刻就会去追我们,只要十分钟就能把我们抓住,当俘虏押回来,任凭大兵们处置。"这话是真的;他们都沉默不语了。

女士们在谈论衣着打扮,不过她们都有些强打精神,显得心不在焉。

走到一个路口,忽见那普鲁士军官迎面走来。一望无尽的雪地映衬出他穿着军装、腰细得像胡蜂一样的长长的身影。他走路时两个膝盖拉得老开,这是军人特有的动作,他们总是尽量避免弄脏自己擦得铮亮的皮靴。

他经过女士们身边时弯了弯腰,而对男人们只轻蔑地瞟了一眼。不过这几个男人还算有些自尊心,并没有脱帽,尽管鸟先生曾有个要摘帽子的动作。

羊脂球的脸一直红到耳根;三个有夫之妇感到受了奇耻大辱,因为被那大兵撞见自己同一个妓女在一起,而这妓女又受到他那么放肆的轻贱。

于是她们又谈起这军官来,对他的长相和风度大加品评。卡雷-拉马东夫人结交过许多军官,十分擅长鉴别他们的优点,觉得此君很不赖;她甚至惋惜他不是法国人,否则会是个很英俊的轻骑兵,定能叫所有的女人为之疯狂。

回到旅店,他们再也不知做什么好。有时为了芝麻大的小事也彼此说些尖酸刻薄的话。晚饭时都一声不吭,不大工夫就吃完了,各自上楼睡觉,希望用睡觉把时间混过去。

第二天大家下楼时都是一脸倦容,憋着满肚子气。女士们几乎连话也不跟羊脂球说。

教堂的钟声响了。这是要举行一次洗礼。胖姑娘有一个儿子寄养在依弗托①的一个农民家。她一年也不去看他一趟,而且从来不想念他;但是想到这个马上就要受洗的小孩,她心里对自己的儿子也突然萌发了强烈的亲情,所以她无论如何要去参加这个仪式。

她刚走,大家就你看我、我看你,然后把椅子搬拢来,因为他们都感到是决定做点什么事的时候了。鸟先生灵机一动,主张向那军官建议只扣下羊脂球,给其他人放行。

还是由弗朗维先生担任传话人,不过他几乎立刻就回到楼下。那深谙人的本性的德国人,把他赶了出来。德国人坚称:只要他的愿望得不到满足,就把所有人扣住不放。

这一下鸟夫人的市井无赖的脾气可发作了:"我们总不能老死在这里呀。既然这贱货的本行就是跟所有的男人干那种事,我看她就没有权利挑三拣四。你们可知道,她在鲁昂什么人都接,哪怕是赶马车的!是的,她就跟省政府的马车夫干过!这件事我知道得一清二楚;那马车夫常到我的店里买酒。可今天,用得着她帮咱们解围,这烂菜花倒摆起谱来了!……我呢,我可是觉得那军官行为挺正派。他也许是空了很久了。他更喜欢的当然是我们三个人。可是,他却只满足于把这个跟谁都能干的女人弄到手。他是尊重有夫之妇啊。你们想

---

① 依弗托:法国诺曼底区塞纳滨海省的一个小城。莫泊桑少年时代曾在此地一所教会学校读书。

呀,他是这里的主人。只要他说一声:'我要',有他手下的士兵帮忙,他本可以强奸我们的。"

另外两个女人打了个小小的寒战。漂亮的卡雷-拉马东夫人眼睛闪着光,脸色有点苍白,仿佛感觉到自己已经被那军官强奸了似的。

这时在一旁计议的男人们也走了过来。鸟先生气急败坏,要把这个"贱货"连手带脚捆起来交给敌人。但是出身于三代大使世家,并且本人也颇有外交家风度的伯爵,却主张运用灵活的手腕,他说:"最好还是说服她。"

于是他们就秘密策划起来。

几个妇女靠得更紧了,声调也压低了。每个人都畅抒己见,讨论离题越来越远。不过言谈还是十分得体的。尤其是那几位夫人,说的虽是十分猥亵的事,却能找出些婉转的说法和高雅的字眼。话说得那么含蓄,局外人很难悟得其中的奥秘。不过一切上流社会妇女披的那层薄薄的廉耻心,只能遮盖表面;其实,她们几位遇上这桩淫秽的奇事儿,已经心花怒放,欣喜若狂,感到有了用武之地;她们是怀着满腔欲火在为别人拉纤,就像馋嘴厨子在为别人做一顿夜宵。

到后来,这件事在他们看来甚至还挺有趣,欢快的心情就不知不觉恢复了。伯爵说了些近乎猥亵的笑话,不过说得巧妙,把大家都逗笑了。轮到鸟先生,他讲了几个更下流的荤段子,人们也一点不觉得刺耳。鸟夫人用露骨的方式表达的这个见解,更是令所有人折服:"既然这姑娘的本行就是干这种事的,凭什么不拒绝别人,偏偏拒绝这个军官?"善解人意的

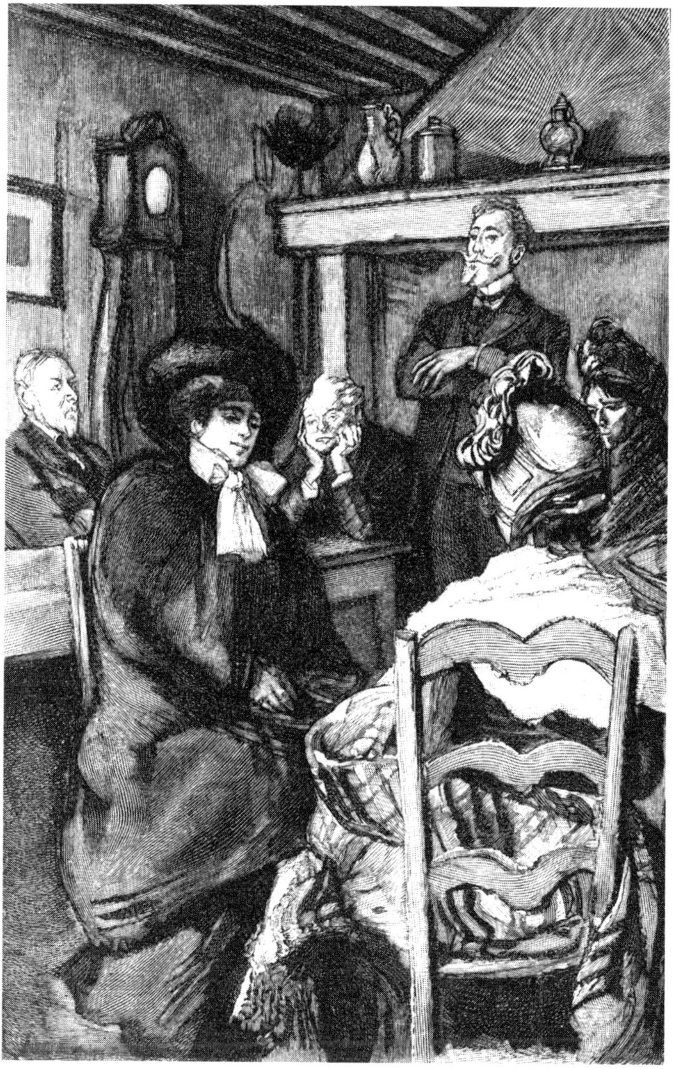

卡雷-拉马东夫人甚至有这种想法：如果她本人处在羊脂球的位置，她宁愿拒绝别人，也不拒绝这个军官。他们就像要占领一座被围困的堡垒似的，花了很长时间策划了一场攻坚战。每个人都定下所要扮演的角色、引用的论据和采取的手段。他们还制定了作战策略，包括轮番进攻、种种妙计和几次突然袭击，一定要迫使这活堡垒在自己的营帐里款待敌人。

不过科尔纽岱始终离他们远远的，全然不参与其事。

他们是那样全神贯注，竟没有听见羊脂球回来了。伯爵轻轻"嘘"了一声，大家抬起头。她已经站在眼前。他们突然住口，尴尬得不知该怎么跟她搭话。幸亏伯爵夫人在交际场中养成了心口不一的习惯，更能随机应变，忙问她："有趣吗，这场洗礼？"

胖姑娘仍然激动不已；她把刚才的一切：见到些什么样的人，人们的表情举止，乃至教堂内部的建筑特点，都详述了一番。临了，她还补充了一句："偶尔去祈祷一次，真好。"

直到吃午饭，这几位夫人都一个劲地对她表示友好，以便增进她的信任，让她更容易听从她们的劝告。

一上饭桌，逼近攻势就开始了。众人首先围绕慷慨献身的话题，泛泛谈论一番。他们列举出许多古代的事例，举完朱迪特和霍洛芳①，又毫无缘由地扯出吕克莱斯和塞克斯图斯②，还有那把敌军将领悉数召上自己的牙床、把他们变得像奴隶般驯顺

---

① 传说朱迪特是公元前七世纪犹太某城的一个寡妇，凭自己的姿色深入敌营，灌醉率军围攻该城的敌将霍洛芳，砍下他的头颅，从而使敌军惊溃。
② 吕克莱斯是古罗马一名将的妻子，被本族人塞克斯图斯奸污，把实情告诉丈夫后，含愤自杀。

的克莱奥帕特拉①。接着是一个唯有无知的百万富翁们的想象里才能孵出来的匪夷所思的故事,说的是罗马的女公民们前往加布勾引汉尼拔②,勾引他的将领和好多方阵的雇佣兵,让他们全都在她们的怀抱里沉入柔情的梦乡。总之,凡是抵御过征服者,把自己的肉体当作战场、统治工具和武器,用壮烈的温存制服丑类和歹徒,为复仇和尽忠而献出贞操的女人,都被一一举出来加以赞扬。

他们甚至话中有话地谈到一个英国名门望族的女子,为了把一种极其可怕的传染病传给拿破仑,竟然自己先去染上这种病;而拿破仑在致命的幽会时刻突然精力不济,才奇迹般地逃过一劫。

这形形色色的故事讲述得既得体又很有分寸;不过他们也偶尔故作热情冲动之状,以便激励羊脂球竞相效尤。

讲到最后,简直叫人以为:女人来到尘世的唯一任务永远是牺牲自己的肉体,没完没了地任大兵们为所欲为。

两个修女好像什么也没听见,完全沉醉在遐思冥想当中。羊脂球则始终一言不发。

整个下午大家都让她去思考。不过他们不再像以前那样称呼她"夫人",而只是叫她"小姐"了。谁也不清楚这是为什么,也许是故意要把她从已经攀上的受尊重的地位降下来,让

---

① 克莱奥帕特拉(约前69—前30):古埃及皇后,姿色美丽而性淫荡,曾凭自己的美貌征服恺撒等名将。
② 汉尼拔(约前247—约前183):古代迦太基名将,攻罗马不克,屯兵罗马附近的加布等待援军,但某些历史家说他是沉迷于女色。

她意识到自己身份的卑贱。

浓汤①刚端上来,弗朗维先生又出现了,他还是重复前一天那句话:"普鲁士军官叫我问伊丽莎白·鲁塞小姐,她改变主意了没有?"

羊脂球生硬地回答:"没有,先生。"

不过晚饭中间,同盟军的火力减弱了。鸟先生说了三句话,效果都很糟。每个人都搜索枯肠发掘新的事例,怎奈毫无所得。正在这时,伯爵夫人也许不是成心的,而只是隐约感到需要表达一下自己对宗教的敬意,向那年长的修女打听圣人们都有些什么崇高事迹。哪知许多圣人都有过在我们看来堪称罪恶的行为;不过这些罪孽都是为上帝争光或者为众人造福而犯下的,教会便毫不费力地概予宽恕。这倒是一个有力的论据,伯爵夫人马上加以利用。就这样,或是由于双方的默契,或是由于一方的暗中讨好,须知身披教袍的人无不精通此道,或是由于碰巧缺心眼儿,或是由于有助人为乐的傻劲儿,总之,这位老修女给他们的阴谋帮了一个大忙。他们原以为她很腼腆,却不料她很大胆,能说会道,而且很激烈。决疑论者②们钻牛角尖似的求索对她毫无影响;她笃信的教义像铁棍一样坚硬,她的信仰没有片刻动摇,她的良心也不知不安为

---

① 浓汤:法国人的浓汤通常都加有洋葱、土豆、白菜等实料。
② 决疑论者:指一派在信仰问题上寻根究底的神学家。

何物。她认为亚伯拉罕①杀子祭天的牺牲根本算不了什么,因为只要上天发个命令叫她杀掉自己的亲娘老子,她也会照办不误。依她之见,只要意愿良好,做什么都不会触恼天主。伯爵夫人要充分利用这个不期而至的同谋者的神圣权威,便诱导她为那句"但问目的,莫管手段"的道德格言做一番富有教化力的诠释。

她继续问这位修女:

"这么说,嬷嬷,您是认为:只要目的正确,走哪条路天主都允许;只要动机纯洁,怎么做都能得到天主谅解啰?"

"谁能怀疑这一点呢,夫人?一个仅就事实来看是大逆不道的行为,往往只因出发点是好的,就变成可歌可颂的事哩。"

她们如此这般谈下去,不但解析天主的意志,而且预测天主的决定,硬让天主去操心一些实在与他不大相干的事。

这一切都讲得既含蓄,又巧妙,又委婉。但是戴元宝帽的圣洁修女的话,却句句都在那妓女的愤然抵抗的心头撕开一个缺口。接着谈话稍稍离开主题,这位挂念珠的女人又谈到她那个教派的一些寺院、她所属的修道院的院长、她本人,也谈到她那身材娇小的同伴,她亲爱的圣尼赛弗尔修女。她们是应召去勒阿弗尔护理各医院收留的几百名染了天花的士兵的。她描绘了这些可怜人的惨状,详细介绍了他们的病情。

---

① 亚伯拉罕:据《圣经》传说,神要考验希伯来人的祖先亚伯拉罕的忠诚,要他杀子祭天。亚伯拉罕遵命,正要动手,耶和华让天使下令加以阻止。

由于普鲁士军官无理取闹,她俩在半路上耽搁了,一大批她们或许可以救活的法国人可能正在丧命啊!她的专长就是护理军人。她到过克里米亚、意大利和奥地利。一谈起她参加过的战役,她顿时显出一个听惯战鼓和军号声的修女的本色。她好像天生就是专门随军转战、从战斗旋涡中抢救伤员的。她比长官还有权威,一句话就能制服不守纪律的大兵。她可真是个名副其实的随军修女;她那张布满无数麻斑的憔悴的面孔,就是战争蹂躏的缩影。

她的话看来效果好极了,她说完之后,也就没有人再说什么。

吃完饭,大家就回房休息,第二天早上很晚才下楼。

午饭平静无事。他们得给昨天播下的种子一点时间,让它发芽、结果。

午后,伯爵夫人提议去散步,于是伯爵按照商定的计划,挽起羊脂球的胳膊,和她走在众人的后面。

他称呼她"我亲爱的孩子",对她说话的语气很亲切,像个父辈,但又略带庄重的男人对烟花女子的轻蔑,始终是居高临下地看待她,不辱其社会地位和无可争议的名声。他单刀直入就触及问题的要害:

"这么说,您宁愿让我们在这里待下去,等普鲁士军队吃败仗,跟您一样任凭他们宰割,也不肯将就一下,做一次您生活里经常做的事啰?"

羊脂球一言不答。

他对她态度温和,晓之以理,动之以情。他始终是"伯爵先生",但必要时也能献献殷勤,说几句恭维话,总之十分亲切。他指出如果她肯帮他们这个忙将是何等的功德无量,他们一定会对她感激涕零;接着他又突然用"你"字称呼她,嬉皮笑脸地说:"你要知道,我亲爱的,他还会自夸尝过一个在他们国内不可多得的美女的滋味呢。"

羊脂球什么也没说,追上去和大伙儿一起走。

一回到旅店,她就上楼去自己的房间,没有再露面。大家的忧虑达到了顶点。她会怎么办?倘若她继续抗拒,那该多么糟糕!

到开晚饭的时间了,大伙儿都等着她,可就是不见她下来。这时弗朗维先生却走进来宣布:鲁塞小姐身体不舒服,各位可以先吃了。大家都竖起耳朵。伯爵走到旅店老板跟前,低声问:"成了?"——"成了。"即便这时,伯爵也不失体统,他对同伴们什么也没说,只是向他们微微点了点头。所有人都立刻舒了一口长气,面露喜悦

之情。鸟先生嚷道:"他妈的!如果这旅店里买得到香槟酒,我请客。"当旅店老板拿着四瓶香槟酒回来的时候,鸟夫人不由得一阵心痛。每个人都突然变得爱说爱笑,能吵能闹,因为每个人的心里都充满淫荡的快意。伯爵好像突然发现卡雷-拉马东夫人千娇百媚;棉纺织厂主则向伯爵夫人大献殷勤。谈话热烈而又欢快,俏皮话层出不穷。

突然,鸟先生神色紧张,高举双臂,大喊:"安静!"大家吃了一惊,甚至吓了一跳,马上肃静下来。只见鸟先生两手拢着嘴"嘘"着,竖起耳朵,抬头望着天花板倾耳细听;过了一会儿,才用他本来的声调宣布:"放心吧,一切顺利。"

大家没有立刻领悟,不过很快就露出了会意的微笑。

过了一刻钟,他又把这出滑稽剧演了一遍,而且一晚上重复了多次。他还装作同楼上某个人对话,给那人提些只有推销商的脑袋里才挖得出的语意双关的建议。他一会儿满脸悲伤地哀叹一声:"可怜的姑娘啊!"一会儿怒目切齿地嘟哝一句:"普鲁士恶棍,滚!"有时,大家已经不再想那回事了,他却震耳欲聋地连呼:"够啦!够啦!"然后好像自言自语似的补充一句:"但愿我们还能看到她,那坏蛋可别把她折腾死了!"

这些玩笑虽然低俗不堪,人们却不觉得难听,反而感到有趣,因为愤怒这玩意儿也像其他东西一样取决于环境,而此刻在这帮人周围已逐渐形成了充满邪思淫念的气氛。

吃甜点的时候,连女士们也机智而又谨慎地说了些不便明说的话。大家都目光闪亮,因为喝了很多酒。伯爵即使在行为越轨时也要保住其高贵庄重的外表,他做了个比喻,说他们此刻的心情,就像北极冰封季节结束时,被困的船员看到一条通往南方的坦途那样愉快。这比喻受到一致的称赞。

鸟先生兴头正高,手举一杯香槟,站起来,说:"为庆祝我们的解放,我要干它一杯!"大家都起立,向他欢呼。经几位夫人再三鼓动,两个修女也同意把嘴唇在她们从未领味过的泛着泡沫的酒里抿了一下。她们声称这酒很像柠檬汽水,不过味道更美。

鸟先生一语道出了人们此刻的心境:

"可惜没有一架钢琴,不然就可以跳一曲四对舞了。"

科尔纽岱始终没说一句话,也没有一个动作;他仿佛沉浸在严肃的思索中,只偶尔狠狠揪一下自己的大胡子,好像要把它拉得再长些似的。最后,将近午夜的时候,大家要散了,已经跟跟跄跄的鸟先生忽然过去轻轻拍了拍他的肚子,含糊不清地对他说:"今晚,您……您不大开心啊;您一声也没吭,公民。"不料科尔纽岱猛地抬起头,两眼凶光闪闪地扫视着这帮人,说:"我告诉你们,你们刚才干的事简直卑鄙透顶!"他站起身,走到门口,又说了一遍:"卑鄙透顶!"便走了出去。

这句话真叫人扫兴。鸟先生被弄得很尴尬,愣了好一会儿。不过他还是回过神来,并且突然笑得前仰后合,一迭连声地说:"吃不到葡萄就说葡萄酸,这位老弟,吃不到葡萄就说葡萄酸。"见大家不明白这句话的奥妙,他便把"走廊秘事"讲了一遍。这伙人又兴奋起来。几位夫人开心得像疯婆子似的。伯爵和卡雷-拉马东先生笑得眼泪都流出来了。他们不能相信竟会有这种事。

"怎么,您肯定没看错吗?他想……"

"跟你们说,我是亲眼见的嘛。"

"而她,居然不答应?"

"因为那普鲁士人住在隔壁房间。"

"不可能吧?"

"我敢对你们发誓。"

伯爵笑得喘不过气来。实业家也笑得两手捂着肚子。鸟先生仍然说个没完:

"你们明白了吧,今天晚上,他是不会觉得她干的事有趣的,绝不会。"

三个人又齐声大笑,笑得肚子痛,笑得上气不接下气,还咳嗽个不停。

笑完大家就散了。鸟夫人生性像荨麻一样爱蜇人,两口子一睡下,她就告诉丈夫,小不点的卡雷-拉马东夫人"那个妖精"整晚都在强装笑脸:"你知道,女人们,要是迷上穿军装的,管他是法国人还是普鲁士人,天啊,她们一概欢迎。你说这不丢人吗,老天爷呀!"

这一整夜,昏暗的走廊里仿佛总有什么在微微骚动,一些轻得几乎感觉不到的响声:人的喘息声,赤脚轻擦地板声,以及微微的咯吱声。可以肯定,大家都睡得很晚,因为过了很久各房间门底下还透出灯光来。香槟酒就是有这种效果,据说它能扰乱睡眠。

第二天,冬日明亮的阳光把白雪映照得晶莹夺目。公共马车终于套好了,等候在门前。一大群白鸽,粉红的眼珠黑瞳孔,脖子缩在厚厚的羽毛里,正大模大样地在六匹马的腿底下踱来踱去;为了寻找食物,把还冒着热气的马粪啄得满地都是。

车夫裹着他那张羊皮,坐在车前面的座位上抽着烟斗。旅客们个个喜笑颜开,催着快给他们包装好下一段旅程的食品。

人们一切准备停当了,羊脂球才露面。

她看来有点心绪烦乱,面带羞惭。她怯生生地向旅伴们走过来;他们却不约而同地扭过头,好像没看见她。伯爵郑重地挽起妻子的胳膊,领她走开,唯恐她接触这不洁之物。

胖姑娘不禁愕然,停住了脚步;后来,她鼓足勇气走到棉纺织厂主妻子跟前,谦恭地轻声问候了一句:"早安,夫人。"对方只点了点头,一副很怠慢的样子,同时白了她一眼,仿佛自己的贞洁受到了玷污。大家都装作忙得不可开交,而且都离她远远的,好像她的裙子里带着什么传染病。接着这些人便争先恐后上了车。她最后一个上车,一声不吭,又在前一段旅程中坐的那个位子上坐下。

大家仿佛没看见她,也不认识她;不过鸟夫人气还未消,远远瞅着她,低声对丈夫说:"幸亏我不坐她旁边。"

沉重的马车摇晃起来,旅行又开始了。

起初大家都一言不发。羊脂球头也不敢抬。她既对所有同车人满怀怨愤,又为自己让了步、被人昧着良心推到那普鲁士人的怀里遭到侮辱而愧悔不迭。

不过伯爵夫人很快就打破这令人难堪的沉默,她转过身

问卡雷-拉马东夫人:

"您大概认识德·埃特莱尔夫人吧?"

"当然啦,她还是我的朋友呢。"

"多么可爱的人啊!"

"简直人见人爱!这才是真正的人尖子,有学问,天生多才多艺;歌唱得好听,绘画也很出色。"

棉纺织厂主和伯爵在闲聊;在车窗玻璃的震颤声中,偶尔冒出个把字眼:"息票……到期……红利……期限。"

鸟先生在和他妻子玩贝奇格①。那副牌是他从旅店里顺手牵羊拿来的,已经在没抹干净的桌子上摩擦了至少五年,油腻腻的。

两个修女摘下挂在腰带上的长念珠,一齐画了十字,嘴唇立刻紧张地嚅动起来,并且越来越快,发出的叽里咕噜声是那么急促,就像进行一场念经比赛。她们还时不时吻一下圣牌,重新画个十字,然后又急速而又不停歇地嘟哝起来。

科尔纽岱则若有所思,凝神不动。

车走了大约三个钟头,鸟先生收起纸牌,说:"饿了。"

他妻子伸手拿出一个细绳捆着的纸包,从里面取出一块冷的小牛肉。她麻利地把这块肉切成整齐的薄片儿,夫妻俩就吃起来。

伯爵夫人说:"我们也吃好吗?"征得了同意,她就把两家预备的食品全打开。一个椭圆形的陶罐儿,盖子上有一个兔

---

① 贝奇格:一种用三十二张牌玩的游戏。

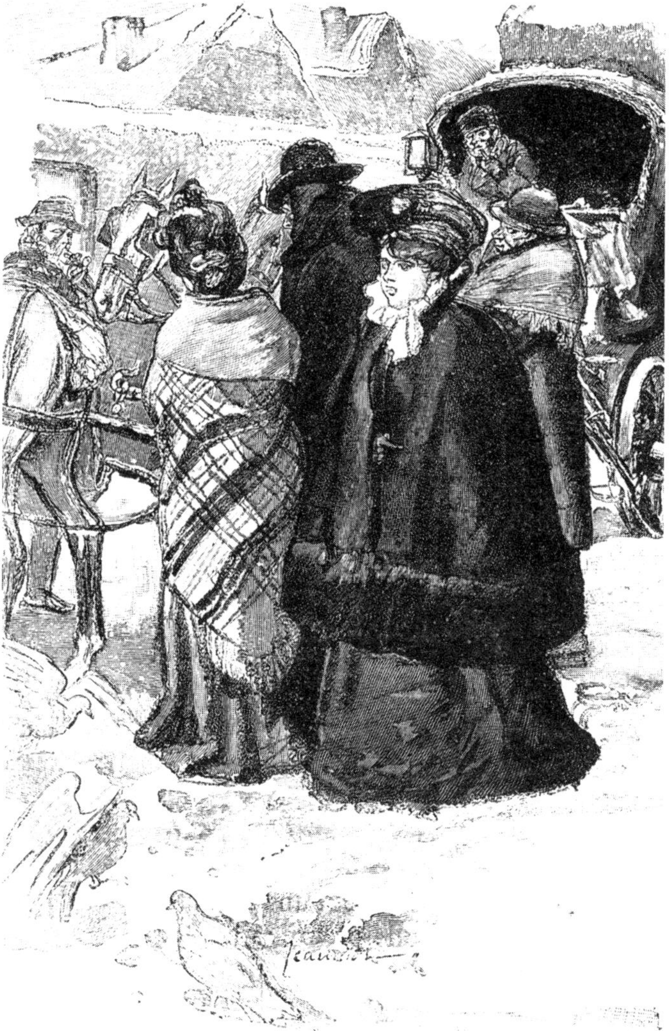

钮,表示下面躺着一只烧制好的野兔,一道鲜美的肉食,几条白晶晶的肥猪肉横在这个猎物褐色的肉上,还拌着几种剁碎的肉。此外还有好大一块格吕耶尔奶酪①,是用报纸包着的,油性的奶酪表面还残留着印下的"社会新闻"几个大字。

两个修女打开纸包取出一截香肠,顿时散发出大蒜的气味。科尔纽岱呢,把两只手同时伸进他那肥大外套的两个硕大的口袋,从一个口袋里掏出四个煮鸡蛋,从另一个口袋里掏出一块面包头。他剥掉蛋壳,扔在脚下的麦秸里,就着鸡蛋狼吞虎咽起来,蛋黄的碎末掉在他的大胡子上,就像闪烁的星星。

羊脂球起床时太匆忙,慌里慌张什么也没想到准备。她眼巴巴看着这帮人心安理得地进着餐,义愤填膺,几乎喘不过气了。她起初怒不可遏,已经张开嘴打算把他们臭骂一顿,一大堆骂人的脏话已经潮水般涌到唇边;但是她气得都快憋死过去,根本说不出话来。

没有一个人看她,没有一个人想到她。她感到自己已经被这群道貌岸然的恶棍的轻蔑淹没了;而正是他们,先把她当作祭品利用,然后又把她当作敝屣抛弃。这时,她想起被他们狼吞虎咽掉的那满满一大篮子好东西,那两只晶亮的冻汁鸡,那些肉糜、梨子,还有那四瓶波尔多红葡萄酒;她的怒火,就像绳子拉得太紧绷断了似的,反而突然熄灭;她感到自己就要哭

---

① 格吕耶尔奶酪:原产于瑞士格吕耶尔镇和法国汝拉地区的一种著名的奶酪。

出声。她拼命忍住,心想一定要挺住,跟孩子一样硬把啜泣咽下去;不过眼泪还是往上涌,在眼圈里闪烁,接着两颗豆大的泪珠夺眶而出,顺着面颊慢慢滚下。泪水就这样源源不断地涌出,越流越快,就像岩缝里渗出的水珠,一颗接一颗滴落在她高耸的胸脯上。她始终腰板挺直,目不转睛,苍白的脸紧绷着,但愿别人不要看见她这副模样。

伯爵夫人却偏偏看出了,并且对她丈夫使了个眼色。伯爵耸耸肩膀,似乎说:"有什么办法呢?这又不是我的错。"鸟夫人得意地干笑了一下,叽咕道:"她哭是因为自己做了丢脸的事。"

两个修女把剩下的香肠用纸裹好,又念起经来。

科尔纽岱正在消化他吃下的鸡蛋;他把两条长腿伸到对面的长凳底下,身子向后一仰,交叉起双臂,像刚发现一种戏弄人的妙招似的,微微窃笑着,用口哨吹起《马赛曲》。

所有的面孔都顿时阴沉下来。毫无疑问,旅伴们不喜欢这首大众的歌曲。他们感到心烦、恼火,几乎要放声大叫,就像恶狗听见手摇风琴声①就要狂吠一样。科尔纽岱看在眼里,吹得更起劲。他甚至还时不时低声唱出几句歌词:

> 对祖国的神圣的爱,
> 快来指挥、支持我们复仇的手,
> 自由,亲爱的自由,
> 快来跟保卫你的人们一起战斗!

---

① 指法国传统的手摇风琴流动卖艺或乞讨者。

地面的雪变硬了,车也走得快些了。在到达第埃普以前的这段漫长而郁闷的时间里,任凭马车颠簸摇晃,从夜幕徐落到车里一团漆黑,他怀着残忍的执拗没完没了地吹着这一成不变的复仇的口哨,迫使那些疲乏而又恼火的人从头到尾地跟着这支歌曲,并且每听一句就联想到相应的歌词。

而羊脂球一直在哭;黑暗中,两段曲子的间歇,偶尔传出她没能忍住的一声呜咽。

菲菲小姐[*]

普鲁士军队的少校指挥官冯·法尔斯贝格伯爵刚看完他的邮件,正仰坐在绒绣软垫的大扶手椅上,两只穿着长筒靴的脚搭在雅致的大理石壁炉台上。自从他三个月以前占用于维尔城堡以来,他的马刺已经把这壁炉台划出两条深坑,而且还在日复一日地掘进。

一杯咖啡在小独脚圆桌上冒着热气。细木镶嵌的桌面上有利口酒的污迹、雪茄烟烧过的焦痕,还有小折刀刻画的印子。这位占领军少校削铅笔的时候,往往会停下来,随着他漫不经心的想象,用小折刀在这件精美的家具上刻出些数字或者图形。

他看完军邮上士刚给他送来的信件,浏览完德文报纸,站

---

[*] 本篇首次发表于一八八二年三月二十三日的《吉尔·布拉斯报》,作者署名"莫弗里涅斯";同年收入比利时吉斯特玛克尔出版社出版的莫泊桑小说集《菲菲小姐》;一九〇二年收入保尔·奥朗道尔夫出版社出版的插图版莫泊桑全集《菲菲小姐》卷。

起身,往壁炉里扔了三四大块还没干的木柴,然后走到窗前。为了取暖,这些大兵正在逐渐地砍伐花园里的树。

窗外大雨滂沱。这是一场仿佛有只手在疯狂地往下泼洒的诺曼底式的大雨,一场像密实的幕布、斜纹的墙壁似的大雨,一场酣畅淋漓、泥浆飞溅、淹没一切的大雨,一场名副其实的有"法兰西尿盆"之称的鲁昂地区的大雨。

少校久久地望着被雨水浸透的草坪,望着远处正在暴涨、漫溢的昂代尔河。他正用手指敲打着玻璃窗,奏着一支莱茵河华尔兹圆舞曲,忽然传来叩门声,他转过身去。原来是他的副手冯·克尔魏因格斯坦男爵,论军衔相当于上尉。

少校是个巨人,肩膀宽阔,长长的扇形胡子像餐桌布似的铺在胸前。他高大魁梧的身材令人联想到一只身穿军装的孔雀,只不过把展开的尾巴伸到下巴上了。他那双蓝眼睛冷淡而又柔和;脸颊上有一道伤疤,是在奥地利战争①中被马刀砍的。据说他是个正直的人,也是个勇敢的军官。

上尉则是个矮个儿,脸色通红,胖胖的大肚子被腰带绷得紧紧的;几乎齐根剪短的火红的胡子,在一定角度的光线照射下仿佛是往脸上涂的一层磷。他已经记不得是怎样在一个放纵的夜晚弄掉了两颗牙,因此说起话来含含糊糊,常叫人听不明白。他就像受过剃度的僧侣,头顶光秃秃的;在这块光肉的周围长着羊毛般的浓密而又蜷曲的短发,像镀了金似的闪闪发亮。

---

① 奥地利战争:指一八六六年六月爆发的普鲁士和奥地利争夺领导权的普奥战争。当年七月普军在萨多瓦战役中击溃奥军主力。

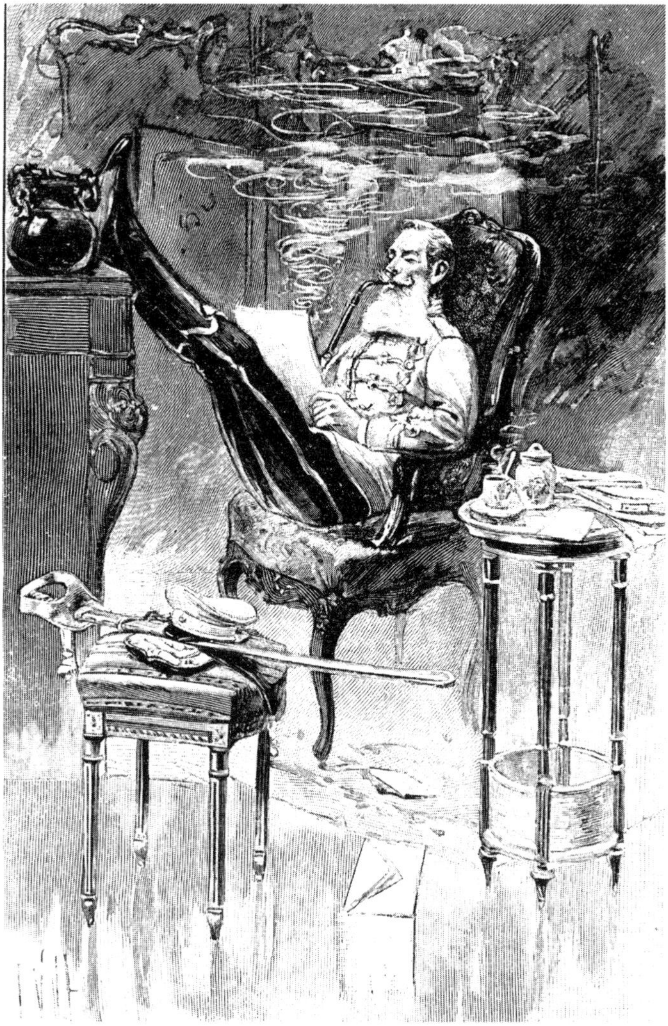

指挥官和他握了握手，把那杯咖啡（这已经是早晨以来的第六杯了）一口气喝完，一面听这位部下报告值勤中发生的事；然后，他们走到窗边，抱怨说这日子可不让人开心啊。上校是个喜欢安静的人，他在国内已经有家室，对一切尚能随遇而安。但是男爵上尉却根深蒂固是个爱耍贪欢的主儿，下流场所的常客，热衷于拈花惹草；三个月以来困守在这偏远的岗位上，被迫过着清心寡欲的日子，他早就憋了满肚子火。

这时有人轻轻敲门，指挥官叫了声"进来"，一个人，他的机器人似的士兵中的一个，推门进来；他无须说话，他的出现本身就意味着：午饭准备好了。

他们在饭厅遇到三个军衔较低的军官：一个中尉，奥托·冯·格罗斯林；两个少尉，福里茨·苏伊瑙堡格和威廉·冯·艾里克侯爵。后者是个头发金黄的小矮个儿，对士兵傲慢而又粗暴，对战败者残酷无情，性情暴烈得像装满火药的兵器。

自从他进入法国，同事们就不再直呼其名，而只叫他"菲菲小姐"了。给他起这样一个雅号，一是因为他身段优美，好像穿着女人的紧身褡；二是因为他刚开始长胡子，几乎还看不出来，显得皮肤白皙；三是因为他无论说到什么人和事都爱使用法文表示轻蔑的短语"呸！呸！"，而且说的时候又总带着轻微的哨音，成了"菲！菲！"。

于维尔城堡的饭厅是一个富丽堂皇的长形的房间；古老

的水晶玻璃镜布满了弹痕;高高的弗兰德勒①的壁毯被马刀割成一条条的,有的地方甚至像穗子一样耷拉下来,这都是菲菲小姐闲得无聊为了消磨时间干的好事。

饭厅的墙壁上挂着三幅古堡主人祖先的肖像:一个身披盔甲的战将、一个红衣主教和一个法院院长,他们都抽着长长的瓷烟斗;另外还有一个胸脯束得紧紧的贵夫人,在年深日久褪了色的镀金画框里傲慢地翘着两大撇用木炭涂上的胡子。

在这惨遭蹂躏的房间里,军官们几乎鸦雀无声地吃着午餐。房间在大雨天里显得格外阴暗,它那吃了败仗的外表让人看了心寒,古老的橡木地板肮脏得像小酒馆的泥巴地。

到了饭后抽烟的时间,他们像往常那样,一面喝着酒,一面倾诉起他们的苦闷来。一瓶瓶白兰地和利口酒在他们手上传来传去;他们全都仰着身子坐在椅子上,小口小口地不停地喝,嘴角须臾不离地叼着烟斗。烟斗的弯柄很长,末端是一个卵形陶斗,涂着刺眼的彩釉,仿佛成心要引诱霍屯督人②似的。

他们的酒杯一空,就强打精神再斟满一杯,虽然他们都已经疲惫不堪。不过菲菲小姐却总是把空酒杯掼碎,一个士兵马上给他递一个新的。

呛人的烟雾笼罩着他们;看上去他们都已深深陷入昏昏

---

① 弗兰德勒:比利时和法国的北海沿岸的平原地区。
② 霍屯督人:南非和纳米比亚西部的一个民族。

欲睡的可怜醉态,那种百无聊赖的人的郁闷的醉境。

但是男爵忽然站了起来。他再也忍耐不住了,骂骂咧咧地说:"他妈的,再也不能这样下去了,得想点儿什么事来做做。"

奥托中尉和福里茨少尉,两个沉闷而又严肃、极具德国人性格特征的德国人,不约而同地追问:"您说什么,上尉?"

男爵思索了几秒钟,回答:"说什么?我说应该组织一个晚会,如果指挥官允许的话。"

上校取下烟斗,问:"什么晚会,上尉?"

男爵走到他身边,说:"一切由我负责好了,我的指挥官。我派'勤务'去鲁昂,让他找些姑娘来,我知道上哪儿可以找到。我们这儿准备一顿晚餐,反正什么也不缺。至少,我们可以开开心心地度过一个晚上。"

冯·法尔斯贝格伯爵微笑着耸了耸肩膀,说:"您疯了,我的朋友。"

这时在座的军官全都站了起来,围着指挥官,央求道:"让上尉去办吧,指挥官;这儿实在太苦闷了。"

上校终于让步说:"好吧。"男爵马上叫人喊来"勤务"。那是个年老的士官,人们从未见他有过笑脸,但是他执行起长官的命令来却有一股狂热的劲头,不管是什么样的命令。

他打着立正,脸上毫无表情,听取男爵的指示,听完就走了出去。五分钟以后,一辆带油布顶棚的大型辎重马车由四匹马拉着,在倾盆大雨中疾驶而去。

一转眼工夫,他们的头脑清醒了许多,原来无精打采的坐姿振作了起来，脸上也焕发出光彩。他们又聊起天来。

尽管大雨还在气势汹汹地下着，上校却肯定地说天色没有那么暗了，而奥托中尉也信心十足地宣布天就要放晴。菲菲小姐似乎坐立不安，一会儿站起来，一会儿又坐下。他闪亮而又冷峻的眼睛又在寻找什么可以打砸的东西。突然，这金黄色头发的年轻人两眼盯住那个涂了两撇胡子的贵夫人，掏出了手枪。

"你呀，这种事是不能让你看的。"说罢，他不离开座椅就举枪瞄准。两粒子弹接连挖掉了那幅画像的两只眼睛。

他接着又嚷道："咱们来炸地雷！"好像有一件更刺激、更新颖有趣的事吸引了大家，谈笑声戛然而止。

炸地雷，是他的发明，他特有的破坏方法，他最热衷的游戏。

古堡的合法业主费尔南·德·阿莫·德·于维尔伯爵逃难的时候，除了把一些银器塞进墙洞，什么也没有来得及运走，什么也没有来得及隐

63

藏。他富甲一方,又喜好奢华,因此他那个跟餐厅有一门相通的大客厅,在他仓皇逃走以前就像是博物馆的展览大厅。

墙壁上挂满名贵的油画、素描和水彩画;柜子上、架子上和精致的玻璃橱里有无数摆设:大瓷花瓶、小雕像、萨克森瓷人、中国瓷人、古代象牙雕刻以及威尼斯玻璃艺术制品,这宽敞的大厅里可谓满目珍宝,无奇不有。

可是这一切现在已经所剩无几了。倒不是遭到了劫掠,那是冯·法尔斯贝格伯爵上校绝对不容许的;而是因为菲菲小姐时不时地要炸一次地雷。逢到这样的日子,军官们也确实能开心个三五分钟。

矮小的侯爵到客厅去找他必需的材料;他找来一个玫瑰红釉的小巧玲珑的中国茶壶,往茶壶里装满炸药,再从茶壶嘴小心翼翼地塞进去一根长长的火绒。他燃着火绒,连忙带着这个罪恶的机器跑进隔壁的大厅。

他很快又急速跑回来,把门关上。在场的德国军官都站在那里静候着,脸上露出孩子般好奇的微笑。轰的一声,整个古堡都被震动了;他们立刻争先恐后地冲向现场。

菲菲小姐一马当先。他在一座焙烧黏土做的维纳斯雕像前发了疯似的拍手称快,因为这一次他终于炸掉了维纳斯的头。每个人都捡起几块碎瓷片,欣赏着奇形怪状的缺口,研究着这一次爆炸造成的破坏,分辨哪些破损是上一次的成绩,并且还为此展开了争论。少校用慈父般的目光看着这惨遭尼禄[①]式的霰弹破

---

① 尼禄(37—68):古罗马皇帝,以暴虐出名。

坏、遍地都是艺术品碎片的大厅。他第一个走出来,一边走一边满意地宣布:"这一次,干得很成功。"

但是龙卷风似的硝烟涌进餐厅,和原有的雪茄的烟雾混合在一起,叫人喘不过气来。指挥官打开窗户;回来喝最后一杯白兰地的军官们也都围到了窗前。

潮湿的空气扑进室内,夹带着雨水的微尘撒在他们的胡须上,还送来泛滥的河水的气味。他们望着在瓢泼大雨下不堪重负的大树,望着被低沉的乌云倾泻下来的大雨笼罩着的广阔的山谷,望着大雨中像灰色的针尖一样屹立着的远处的教堂的钟楼。

自从他们来到这里,那钟楼里的钟就再也没有敲响过。这还是入侵者在这一带遇到的仅有的反抗:钟楼的反抗。本堂神父从来没有拒绝过供应普鲁士军人吃住;他甚至有几次还应敌军指挥官的邀请喝一瓶啤酒或者波尔多葡萄酒。指挥官也经常找他充当友好的居间人。但是,要他敲一下钟,那是绝对办不到的,他宁可被枪毙。这是他抗议侵略者的方式,和平的方式,沉默的方式,用他的话说,这是主张温和而非流血的传教士唯一可行的抗议方式。在十法里方圆内,人人都赞扬尚塔瓦纳神父的坚定和勇敢,因为他让他的教堂顽强地保持沉默,以此来公开哀悼国土的沦丧。

在他的反抗精神鼓舞下,全村人都下定决心,不管遇到什么危险,都要对他们的神父支持到底,因为他们把这沉默的抗议视为捍卫民族荣誉的壮举。在乡亲们眼中,他们这样做,对祖国的贡献比贝尔福和斯特拉斯堡①还要大,他们树立了同样卓越的榜样,他们这个小村子会因此而名垂青史。当然啰,除此之外,他们不会拒绝战胜的普鲁士人提出的任何要求。

指挥官和他手下的军官们对这无害的勇敢都付之一笑;何况当地人对他们都表现得既殷勤又顺从,他们也就乐得对这无声的爱国主义听之任之了。

只有矮子威廉侯爵曾经希望强令敲钟。他的上司对传教士的明智的宽容让他火冒三丈;他每天都央求指挥官让他去叮叮当当敲一次,哪怕就敲两下,给大伙儿乐乐也好。为了说服指挥官,他甚至施展出母猫般的温柔、女人般的甜言蜜语、为了一种欲望而发狂的情妇的嗲声嗲气;无奈指挥官就是寸步不让。菲菲小姐只好用炸"地雷"聊以自慰。

这五个男人扎堆儿站在那里,呼吸着潮湿的空气,足有几分钟。最后还是福里茨少尉开了口,他似笑非笑地嘿了一声,说:"车(这)些小姐,车(这)次出门肯定砍(赶)不上好天刺(气)了。"

随后,大家就分手,各自去干各人的事。上尉要准备晚餐,还有一大堆事情要做呢。他们傍晚又聚在一起时,看到每个人都像大阅兵的日子里一样作了精心打扮,神采抖擞,不禁放声大笑。他们个个都头发铮亮,香水扑鼻,容光焕发。指挥

---

① 贝尔福和斯特拉斯堡:法国东北部地名,普法战争时法军曾在这两处英勇抵抗普鲁士入侵者。

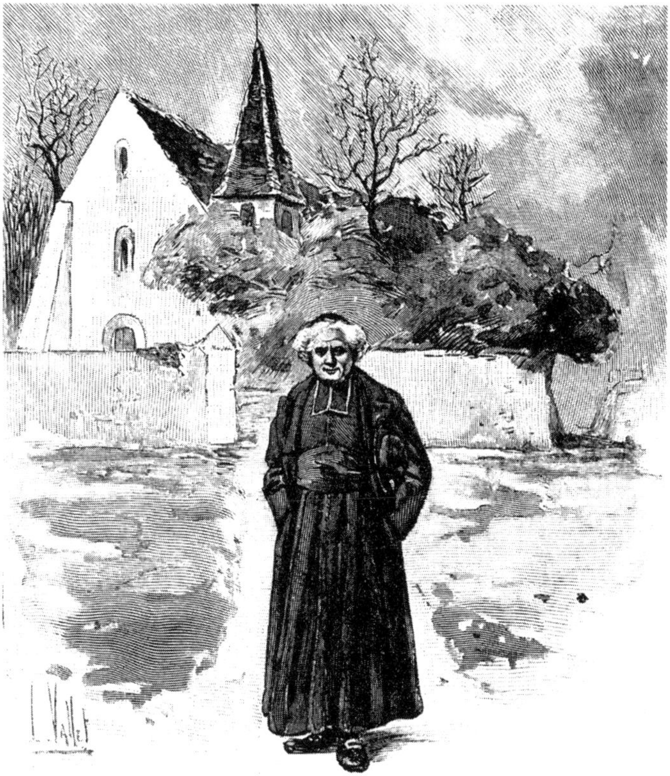
L. Vallet

官的头发似乎不像早晨那么灰白了；上尉的脸刮得光光的，只留下一撮小胡子，仿佛鼻子底下的一个火苗。

尽管雨还在下，他们还是把窗户大敞四开，不时地还有人走过去听听动静。六点十分，男爵说他听见远处有隆隆的车轮声。大家都冲到窗前。不一会儿，那辆大车果然逐渐驶近，四匹马依然在飞奔，泥浆一直溅到背上，身上冒着热气，气喘吁吁。

五个女人在台阶前下了马车。那是五个长得很标致的窑姐儿，是"勤务"拿了上尉的名片去找他的一个朋友，由这位朋友亲自精挑细选出来的。

她们很爽快地就答应了，因为她们相信报酬肯定会很丰厚；再说，她们尝试跟普鲁士人打交道已经三个月了，深知他们的为人，何况她们无论对人还是对事总是逆来顺受。"既然干了这一行，也只能这样"，她们一路上一直这样对自己说，大概是为了回答仅剩的良知暗中的自我责问吧。

她们立刻走进餐厅。灯火齐明的餐厅，横遭破坏的景象更显得凄惨。桌子上摆满的肉食、贵重的餐具和墙洞里找到的业主隐藏的银器，让这里看上去就像强盗结伙抢劫归来吃夜饭的小酒馆。上尉眉飞色舞，像对待使唤惯了的家常用品似的，把这帮女人都拉到自己身边，挨个儿审视她们、吻她们、闻她们，拿衡量卖春女的标准估计她们的价值。那三个年轻军官想每人挑一个带走，遭到他的强烈反对；他要保留分配的权力，按照军衔的高低公正无私地分派，以免乱了等级的分际。

于是，为了避免争执，为了避免让人怀疑他有任何偏袒，他叫她们按个子高矮站成一排，然后用下军令的口气问最高的一个："你叫什么名字？"

她扯着嗓子回答："帕梅拉。"

于是他宣布："第一号，名叫帕梅拉，包给指挥官。"

接着，他拥吻了第二号布隆迪娜，表示归他本人所有。他把胖姐阿芒达分给奥托中尉，把"西红柿"夏娃赏给福里茨少尉，把她们中最矮的拉歇尔分给了军官中最年轻的，也就是瘦弱的威廉·冯·艾里克侯爵。拉歇尔是个十分年轻的棕发女郎，眼睛黑得像两滴黑墨，这犹太姑娘的翘鼻子，证明她那个种族的人全是鹰钩鼻子这条规律也有例外。

此外，她们长得都很漂亮、很丰满，相貌上没有什么明显的差异；由于每天操皮肉生涯，在妓院里过着大同小异的生活，她们的身段和皮肤几乎都一模一样。

三个年轻军官，借口给她们找刷子和肥皂，让她们好好梳洗一下，企图立刻把自己分到的女人带到楼上去。但是上尉明智地表示反对，说她们很干净，完全可以上桌吃饭了；而且上楼的人完了事，下楼来一定希望换个姑娘，就会把不上楼的几对打乱。他的经验之谈占了上风。他们暂且只能接很多的吻，很多满怀期待的吻。

突然，拉歇尔感到透不过气来，咳得眼泪直流，鼻孔冒烟。原来侯爵趁着和她接吻，往她嘴里喷了一口烟。她没有生气的表示，也没有吭一声，但是她使劲地瞪着她的占有者，黑眼睛深处已经升起一股怒火。

大家都坐下来。指挥官好像也兴致勃勃,让帕梅拉坐在他右边,布隆迪娜坐在他左边。他一面打开折好的餐巾,一面说:"您这个主意真是好极了,上尉。"

奥托中尉和福里茨少尉就像跟上流社会的妇女在一起似的彬彬有礼,反倒让身边的两个女人受宠若惊。不过冯·克尔魏因格斯坦男爵素有贪酒好色的邪僻,此刻正如鱼得水,满面春风,说了许多不堪入耳的话。他头上生着一圈红色的短发,就像着了火。他用莱茵河的法语大献殷勤;他说的那些下等酒馆里流行的恭维话,从缺了两颗牙的窟窿里冲出来,伴随着飞溅的唾沫星,传到姑娘们的耳朵里。

不过,她们一句也听不懂。只有在他吐出那些淫词秽语的时候,她们才似乎开一点儿窍,尽管他的发音怪声怪调。这时她们就疯狂地大笑,一头倒在身边男人的肚子上,一边学着男爵的话。见此情景,为了引她们说淫秽的话,男爵索性故意说得荒腔走板,她们也就跟着鹦鹉学舌。她们刚喝下了几瓶酒就已经醉了,放肆地胡言乱语。她们露出了本来面目,积习也展现无遗,一会儿拥吻右边男人的唇髭,一会儿拥吻左边男人的唇髭,拧他们的胳膊,发出阵阵狂笑,不管谁的酒端起来就喝,还扯着嗓子唱了几支法国歌谣和几段平常同敌人厮混学来的一鳞半爪的德国歌。

女人的肉体就摆在鼻子底下,唾手可得,男人们也很快就陶醉了;他们像发了疯似的,大喊大叫,狂砸餐具;而在他们身后,士兵们照旧面无表情地伺候着他们。

只有指挥官一个人还能保持着克制。

菲菲小姐已经把拉歇尔搂过来坐在自己腿上;他很兴奋,虽然表情冷峻。他时而疯狂地亲吻垂在她脖子上的乌木般黑亮的鬈发,把鼻子伸进她的连衣裙和皮肤之间的薄薄的空隙,嗅她温暖香甜的肌肉和整个身体发出的气味;时而在狂乱的兽性和破坏的欲望驱使下,隔着衣服狠命地拧她,痛得她直叫。他也经常把她搂在怀里,紧紧地挤她,好像要把她和自己合成一个人似的;他还把自己的嘴唇没完没了地摁在犹太姑娘的娇嫩的嘴上,吻得她几乎窒息;突然,他又使劲咬她,咬得那么深,一缕鲜血顺着年轻女子的下巴流下来,滴到连衫裙的胸口上。

她又瞪了他一眼,一边揩着伤口,一边咕哝道:"这笔账,你是要还的。"他笑了起来,那是残酷无情的笑。"我是要还的。"他说。

该吃甜点了;斟上了香槟酒。指挥官站起来,用他敬祝奥古斯塔皇后①贵体健康的语调,提议:

"为在座的女士们干杯!"于是开始了一连串的祝酒词。大兵和醉鬼们的故作风雅的祝酒词里,夹杂着因为对方听不懂而更加露骨的淫秽的插科打诨。

他们一个接一个站起来,搜索枯肠,极尽滑稽可笑之能事;至于那些女士,已经醉得东倒西歪,目光恍惚,嘴唇不听使唤,还每一次都为之拼命鼓掌。

上尉大概想要为这场狂饮纵乐增添一点风流多情的色

---

① 奥古斯塔皇后(1811—1890):德国皇帝威廉一世的妻子。

彩,再一次举起酒杯,提议:"为我们征服的女人的心干杯!"

接着,奥托中尉这只黑森林①的大熊也站起来;满肚子的烈酒已经烧得他昏头涨脑。酒精突然激发起他一阵爱国主义狂热,他大声叫喊:"为我们征服法兰西干杯!"

女士们尽管已经醉醺醺的,却不约而同地哑口不语了。拉歇尔更是气得发抖,转过身去对他说:"得啦,我就认识一些法国人,在他们面前你就不敢这么说。"

这时矮个子侯爵仍旧把她抱在怀里。酒劲让他兴高采烈,他讪笑道:"哈!哈!哈!我,我可从来没有见过这样的法国人。我们一到,他们早就逃命啦!"

那姑娘十分气愤,冲着他的脸大喊:"你撒谎,下流坯!"

就像他眼睛盯着用手枪射穿的那些油画一样,他用那双浅色的眼睛瞪了她足有一秒钟,然后冷笑着说:"哈!哈!那么,美人儿,咱们就谈谈你说的法国人吧!他们要是勇敢,我们现在还能一块儿在这里吗?"他越说越起劲,"我们是他们的主人!法兰西属于我们!"

她猛然从他的怀里挣脱出来,坐回自己的椅子上。他站起身,把酒杯一直伸到餐桌中央,连声高呼:"法兰西和法国人,法兰西的树林、田野、房屋,都属于我们!"

其他几个男人都已经酩酊大醉,也突然在一股战争狂热、一股野蛮精神的刺激下,抓起酒杯号叫:"普鲁士万岁!"然后把杯中的酒一口气喝光。

----

① 黑森林:德国最大的森林山脉,位于德国西南部的巴登-符腾堡州。

姑娘们没有抗议；她们恐惧极了，不得不保持沉默。连拉歇尔也没有吭声，因为她无言以对。

这时，矮个子侯爵又斟满一杯香槟酒，把杯子搁在犹太姑娘的头顶上，喊道："法兰西的女人，也都属于我们！"

拉歇尔猛地站起来，那个水晶酒杯立刻翻倒，黄澄澄的香槟酒像施洗礼一样全都泼在她的乌发里，杯子掉到地上摔个粉碎。她嘴唇直颤，眼睛瞪着这个仍然在讪笑的军官，用愤怒得有些哽噎的声音，咕咕哝哝地说："这，这，这个嘛，不可能，哼，你们得不到法国女人。"

他为了耍笑个尽兴，坐下来，竭力模仿巴黎人的口音说："她说得恨（很）好，说得恨（很）好。可是，我的小宝贝，你上这儿来干什么呀？"

她愣住了，先是沉默不语，因为她心里很乱，没有听清他说什么；等明白了他的意思，她勃然大怒，愤愤地冲他嚷道："我！我！我不是女人，我，我是个娼妓；普鲁士人需要的就是这个。"

她还没有说完，他就抡起胳膊扇了她一个耳光。不过，当他又抬起手的时候，怒不可遏的她从桌子上抄起一把吃甜点用的银刃刀，动作那么突然，起初谁也没看出什么，她已经向他的脖子刺去，直插他胸口上方那个凹陷的部位。

他正在说的一句话被半截切断在喉咙里；他一动不动地大张着嘴，流露出令人恐怖的目光。

在场的普鲁士人全都惊呼起来，一团混乱地站起身；这时拉歇尔抄起自己的椅子向奥托中尉的腿上砸去，中尉扑通倒在地上,她便趁敌人还没来得及抓住她,跑向窗口,打开窗子,冒着依然倾泻的大雨,冲进茫茫的黑夜。

两分钟以后,菲菲小姐死了。福里茨和奥托拔出手枪,想打死剩下的几个跪在地上苦苦求饶的女人。少校好不容易才阻止了这场屠杀,让人把这四个已经吓掉了魂的女人关进一个房间,由两个士兵看着。然后,他就像部署军队进行一场战斗一样,组织追捕那个逃跑的女人,相信一定能抓住她。

五十名士兵在威逼恫吓之下,被投入大花园。另外两百人被派往树林和山谷挨家挨户搜查。

餐具顷刻间被撤去,餐桌变成了灵床。四个军官酒已经醒了,态度严肃,带着军人执行作战任务般的冷峻的表情,一直站在窗前,向夜色中张望。

瓢泼大雨还在继续。无休无止的哗哗的雨声充满了黑夜。天上落的水,地面淌的水,滴下的水和涌出的水,汇成一片浮动的潺潺的水声。

突然传来一声枪响,接着从很远的地方又传来一声;四个小时的时间里,就这样不时地听到远远近近的枪声,集合的喊声,以及喉音浓重①的古里古怪的叫嚷声,像是在互相吆喝。

天亮时,派出去的人回来了。两名士兵被打死,三名士兵被打伤,都是自己人在搜索的狂热中和黑夜追捕的慌乱中干下的蠢事。

却没有找到拉歇尔。

对居民的恐怖镇压旋即开始。他们的住宅被翻个底朝天,七乡八镇都被踏遍、找遍、搜遍。那犹太姑娘就好像没有留下丝毫走过的痕迹。

将军得到报告后,下令对此事不得声张,以免在军中树立一个恶劣的榜样。他给予指挥官军纪处分;少校又惩罚了他的下级。将军批评说:"我们打仗可不是为了寻欢作乐,哄窑姐儿。"冯·法尔斯贝格伯爵恼羞成怒,决定对当地人进行报复。

为了找个借口,能够肆无忌惮地严厉惩罚,他让人把本堂神父找来,命令他在冯·艾里克侯爵下葬的时候敲钟。

让他大感意外的是,传教士十分顺从,非常谦恭,甚至可以说诚惶诚恐。当菲菲小姐的尸体由几名士兵抬着,前后左右都由荷枪实弹的士兵护送,离开于维尔城堡前往墓地的时候,教堂的那口钟第一次重新敲响,不过敲的虽是丧钟,节奏

---

① 喉音浓重:指德语的发音。

却是那么轻松愉快,好像有一只友爱的手在亲切地抚摸着它似的。

晚上钟又再次敲响,第二天继续敲响,从此每天都敲,而且你叫它怎么敲它就怎么敲。有时甚至半夜里它也自动摇荡起来,在黑暗中发出两三下轻柔的响声,就好像它不知为什么突然醒来,按捺不住自己莫名其妙的喜悦。乡亲们都说它一定是中了邪;除了本堂神父和圣器室管理人,再也没有人敢走近那个钟楼。

其实是一个可怜的姑娘藏在钟楼里,过着焦虑和孤独的生活,只有这两个人偷偷给她送来食物。

她在那里一直隐藏到德国军队离开。然后,一天晚上,本堂神父事先借来了面包铺老板的有长凳的载人马车,亲自把这个女囚徒恭送到鲁昂城门口。到了那里,传教士和她拥吻告别;她下了马车,快步走回妓院。老板娘还以为她早就死了呢。

不久以后,一个

没有偏见的爱国人士,起先受了她的英雄行为的感动,进而又爱上了她本人,帮她向妓院赎了身,娶她做了妻子,使她成为一个和世上的许多别的夫人同样令人敬重的夫人。

疯 女 人*

献给罗贝尔·德·博尼埃尔①

马蒂厄·德·昂多兰说：

瞧呀，山鹬让我回想起一件战争②时期的悲惨的往事。

你们都去过我在科尔梅依的庄园。普鲁士人来的时

---

* 本篇首次发表于一八八二年十二月五日的《高卢人报》；开头的段落曾用作一八八三年 E.鲁维尔和 G.布隆出版社出版的莫泊桑小说集《山鹬的故事》的引言；一九〇一年收入保尔·奥朗道尔夫出版社出版的插图版莫泊桑全集《山鹬的故事》卷。

① 罗贝尔·德·博尼埃尔（1850—1905）：《费加罗报》《高卢人报》和《吉尔·布拉斯报》专栏作家。莫泊桑也常为这几家报纸撰稿。博尼埃尔还以其位于维拉尔街的文学沙龙著名，该沙龙聚集了勒南、泰纳、勒孔特·德·里尔等名家。

② 战争：指一八七〇至一八七一年的普法战争。

候,我正住在那里。

我那时有个邻居是个疯女人,因为遭受过一件很不幸的事的打击,神经错乱了。从前,二十五岁的时候,在一个月的短短时间里,她失去了父亲、丈夫和她的刚出生的孩子。

死神一旦闯进了一个家庭,几乎总是立刻又再次到来,就好像认识了这个家门。

可怜的少妇在连连横祸的重击下卧床不起,整整说了六个星期的胡话。猛烈的发作之后,她精疲力竭了,沉静下来,一动不动,几乎什么也不吃,只能动换动换眼睛。每次让她起来,她就大呼小号,像人家要杀了她。人们只好让她一直躺着,只有替她擦擦身子、翻翻垫褥的时候,才把她从床上拉起来。

一个年老的女仆陪伴着她,不时地给她喝点水,吃点冷牛肉。在这绝望的心灵里究竟发生着什么?谁也不知道;因为她不再言语。她在想着死去的亲人?她在伤怀地梦幻,而没有确切的记忆?或者她的已经泯灭的思想像一潭死水静止不动?

十五年来,她就这样困在病床,了无生机。

战争来了;十二月初,普鲁士人就长驱直入到了科尔梅依。

我还记得那情景,犹如发生在昨天。天寒地冻;我因为患了痛风病,坐在一把扶手椅里,动弹不得,忽地听见他们有节奏的沉重的脚步声。透过窗户,我看到他们走过。

队伍走个没完没了,整齐划一,迈着他们特有的提线木偶似的步伐。然后,长官把手下的人分配到居民家去住。我分到十七个。邻居,那个疯女人,分到十二个,其中有一个指挥官,一个老兵痞,又粗野,又狂暴。

最初的几天,一切正常。已经事先告诉这位住在旁边的军官,太太是个病人;他也没怎么在意。但是从来看不见这个女人,他终于恼火了,他追问她得的是什么病;人们回答说他的女房东因为忧伤过度,已经沉睡了十五年。他显然不相信,以为这精神失常的可怜女人是因为傲慢无礼,不愿见普鲁士人,不愿跟他们说话,不愿接近他们,才不下床。

他一定要她来接待他;人们就让他进到她的卧室,他语气粗鲁地说:

"太太,我秦(请)您起来,下搂(楼)去,让大家砍砍(看看)您。"

她把茫然的眼睛、空虚的眼睛转向他,一言不答。

他又说:

"我不会允续(许)无利(礼)。如过(果)您不自远(愿)起来,我会有板(办)法让您一个人散散补(步)。"

她毫无反应,一动不动,就像没看见他。

他火冒三丈,把她平静的沉默当作最大的蔑视,他接着道:

"如过(果)您敏(明)天不下楼……"

没说完,他就走出去。

第二天,老女仆胆战心惊地要给她穿衣服,但是疯女人一边挣扎一边大叫起来。军官很快就上楼来;女仆跪在他面前,央求道:

"她不愿意,先生,她不愿意,求您原谅她吧,她太不幸了。"

军官犹豫不定。他很气愤,但又不想下令让他的人把她从床上拉起来。不过他突然笑了起来,用德语发了一些命令。

不久,就看到一个小分队的士兵抬着一个床垫出去,就像运送伤员。他们是把她连人带被褥一起放到担架上的,疯女人仍然哑口无言,纹丝不动,怎么折腾她都没有反应;周围的人也就任她继续昏睡。一个人在后面提着一包女人的衣服。

军官一边搓着手,一边说:

"我们就这么左(做),砍砍(看看)她能不能自己船(穿)上衣服,柳(溜)达柳(溜)达。"

然后,他就看着运送的队伍向伊莫维尔森林方向走去。

两小时以后,那帮士兵回来了,不过只有他们回来。

再也没见到那个疯女人。他们把她怎么啦?他们把她抬到哪儿去啦?谁也不知道。

大雪夜以继日地下个不停,原野和树林都像披上了冰冷的海绵似的裹尸布。狼群

一直窜到我们的家门口嚎叫。

我一直惦记着这个被人抛弃的女人;我跟普鲁士方面交涉了好几次,想得到她的消息。我差一点被枪毙。

春天来了。普鲁士军队走了。我那个女邻居的房子依然关着;小径上长满了野草。

上一个冬天,老女仆死了。没有人再操心这桩离奇的事件;只有我还念念不忘。

普鲁士人把这个女人怎么啦?她逃到森林里去了吗?有人收留了她,也许她被收留在一家医院里了?得不到她的任何信息。没有一点消息,慢慢减轻了我的疑虑;随着时间过去,我心头的不安也平息了。

秋天到了,山鹬成群飞过;我的痛风病稍稍见好,我拖着病腿一直走到森林。我已经打死四五只这种长嘴鸟,又打了一只,消失在一条满是树枝的沟里。我不得下到沟里去捡那个猎物。我发现它掉在一个死人的脑袋旁边,猛地,那个疯女人的记忆涌上我的心头,我就像挨了一记重拳。在那凶残的一年里,也许有其他许多人惨死在这树林里;但不知为什么,我在心里确信,确信我遇见的就是那个不幸的疯女人的脑袋。

我突然明白了,我一切都猜到了。他们把她抛弃在床垫上;而她忠于自己的执念,胳膊腿一动不动地让自己死在鹅毛般厚而轻盈的积雪下。

后来,饿狼吞噬了她。

鸟儿们用她的撕裂了的床垫里的羊毛筑了巢。我保存下那可怜的遗骨。我祈愿我们的子子孙孙再也看不到战争。

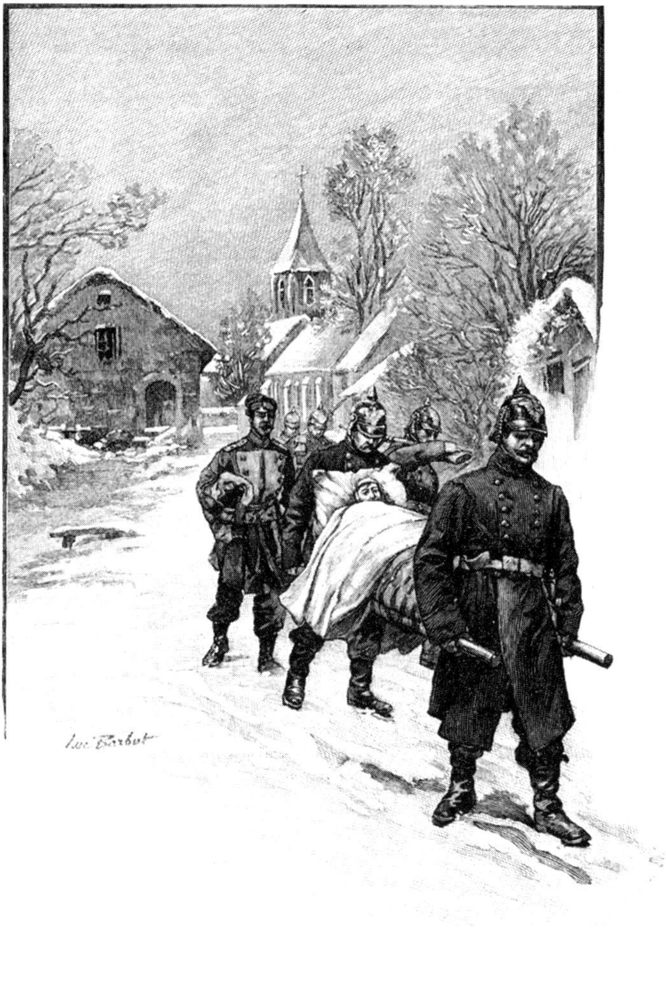

两个朋友*

巴黎陷入了重围①,忍饥挨饿,痛苦呻吟。屋顶上的麻雀明显地稀少了,连阴沟里的老鼠也数量骤减。人们什么都吃。

钟表匠莫里索先生,因为时局变化成了家居兵②。一月里的一个早晨,天气晴朗,他两手揣在军服的裤袋里,肚子空空,闷闷不乐地在环城林荫大道上溜达。他突然在一个同样是家居兵的人面前站住,因为他认出对方是他的一个朋友。那是索瓦热先生,以前常在河边钓鱼的一个老相识。

战前,每逢星期日,莫里索都是天一亮就出门,拿着竹制的渔竿,背着白铁罐。他乘坐开往阿尔让特伊③的火车,在科

---

* 本篇首次发表于一八八三年二月五日的《吉尔·布拉斯报》,作者署名"莫弗里涅斯";同年收入维克多·阿瓦尔出版社出版的莫泊桑小说集《菲菲小姐》第二版;一九〇二年收入保尔·奥朗道尔夫出版社出版的插图版莫泊桑全集《菲菲小姐》卷。
① 指普法战争(1870—1871)期间普鲁士军队围困巴黎。
② 家居兵:普法战争期间巴黎的国民自卫军,因不执行任务时住在家里,故有此俗称。
③ 阿尔让特伊:巴黎西面的一个市镇,当时还是个村庄,位于塞纳河畔。

隆布①下车,然后步行到玛朗特岛。一到这个令他梦绕魂牵的地方,他马上就钓起鱼来,一直钓到天黑。

每个星期日,他都在那儿遇见一个快活开朗的矮胖子,就是这位索瓦热先生。他在洛莱特圣母院街②开服饰用品店,也是个钓鱼迷。他们常常手执钓鱼竿,两只脚悬在水面上摇晃着,并排坐在那里度过半天的时光。他们就这样互相产生了友情。

有些日子,他们一句话都不说。有时候,他们也聊聊天。不过即使一言不发,他们也能彼此心领神会,因为他们有着相同的爱好和一样的情怀。

春天,上午十点钟左右,恢复了青春活力的阳光在静静的河面上蒸起一层薄雾,顺水飘移,也在两个痴迷的垂钓者的背上洒下新季节的一股甜美的暖意。偶尔,莫里索会对身旁的伙伴说:"嘿!多舒服啊!"索瓦热先生会回答:"真是再舒服不过了。"对他们来说,这就足以让他们互相理解、互相敬重了。

秋天,白日将尽的时候,在夕阳照射下天空如血,猩红的云彩倒映在河面上,整个河流变成了紫红色,天际仿佛燃起了大火,两个朋友笼罩在火一样的红光里,预感到冬天将至而瑟瑟发抖的枯黄的树木也披上了金装。索瓦热先生微笑着看看莫里索,感叹道:"多美的景致啊!"而心旷神怡的莫里索,眼

---

① 科隆布:法国市镇,位于巴黎西北郊,塞纳河畔。
② 洛莱特圣母院街:巴黎市第九区的一条街道。

睛不离渔标,回答道:"比林荫大道①美多了,嗯?"

且说他们彼此认出来以后,就用力地握握手;在这样迥然不同的时局下不期而遇,他们都十分激动。索瓦热先生叹了口气,咕哝着说:"发生了多大的变化哟!"本来脸色阴郁的莫里索也感慨地说:"多好的天气呀!今天,还是今年第一个好天气。"

天空的确是一片蔚蓝,充满阳光。

他们心事重重、无情无绪地并肩走着。莫里索接着说:"还记得钓鱼吗?回想起来多么有趣呀!"

索瓦热先生问:"咱们什么时候再去?"

他们走进一家咖啡馆,每人喝了一杯苦艾酒②,然后又继续在人行道上溜达。

莫里索忽然站住,说:"再喝一杯呀,嗯?"索瓦热先生同意:"随您的便。"他们又走进一家酒馆。

从那家酒馆出来的时候,他们已经晕晕乎乎,就像一般空着肚子喝酒的人一样,有些头晕眼花了。天气暖和,微风轻拂着他们的脸。

经和风一吹,索瓦热先生完全醉了。他停下来,说:"咱们现在就去?"

"去哪儿?"

---

① 林荫大道:此处系指巴黎市内从巴士底广场到玛德莱娜广场的几条连续的林荫大道,在当时是时尚和繁华的地带。
② 苦艾酒:一种有茴芹茴香味的高酒精度蒸馏酒,主要原料是茴芹、茴香及苦艾。

"当然是去钓鱼。"

"去哪儿钓?"

"当然是去我们那个岛上了。法国军队的前哨就在科隆布附近。我认识迪穆兰上校;他们会放我们过去的。"

莫里索兴奋不已:"就这么说。我同意。"他们便分手,各自回去取钓鱼工具。

一个小时以后,他们已经并肩走在公路上。他们来到上校占用的那座别墅。上校听了他们的请求,觉得很可笑,不过还是同意了他们心血来潮的怪念头。于是他们带着通行证继续前行。

没多久,他们就越过前哨阵地,穿过居民已经逃离的科隆布,来到几小块葡萄园边上;从葡萄园沿斜坡下去,就是塞纳河。这时是十一点左右。

河对面,阿尔让特伊村一片死寂。奥热蒙和萨努瓦两座山岗俯视着整个地区。辽阔的平原一直伸展到南泰尔[①],除了光秃秃的樱桃树和灰突突的土地,到处都是空荡荡的。

索瓦热先生指着那些山岗,低声说:"普鲁士人就在那上头。"面对荒无人烟的原野,一阵莫名的恐惧令两个朋友毛骨悚然。

普鲁士人!他们还从来没有亲眼见过;不过几个月以来,他们时刻感觉到这些人就在那里,在巴黎的周围,蹂躏着法兰西,烧杀抢掠,制造饥荒;虽然看不见他们,但感觉得到他们无

---

① 南泰尔:巴黎西郊的一个市镇。

比强大。他们对这个得胜的陌生民族,仇恨之外更有一重近乎迷信般的恐惧。

莫里索结结巴巴地说:"喂!万一碰上他们呢?"

尽管情况险恶,索瓦热先生依然以巴黎人特有的幽默口吻回答:

"咱们就请他们吃一顿煎鱼。"

但是周围是那么寂静,是否还冒险穿越田野,他们吓得犹豫不决了。

最后,索瓦热先生还是下了决心:"走,继续前进!不过要小心。"他们弯着腰,利用葡萄藤作掩护,睁大眼睛,竖直耳朵,从一片葡萄园里爬了下去。

现在还剩下一条裸露的地带,越过它就到达河岸了。他们一阵快跑,到了河边,马上蹲在干枯的芦苇丛里。

莫里索把脸紧贴地面,听听附近是否有人走动。他什么也没有听见。只有他们,肯定只有他们。

他们于是放下心来,开始钓鱼。

荒凉的玛朗特岛挡在他们面前,也为他们挡住了河对岸的视线。岛上那家饭馆的小屋门窗紧闭,就好像已经被人遗弃多年了。

索瓦热先生首先钓到一条鲌鱼。莫里索接着也钓到一条。他们隔不多时就抬起渔竿,每一次渔线上都挂着一个银光闪闪、活蹦乱跳的小东西。这次钓鱼的成绩简直神了。

他们小心翼翼地把鱼放到一个织得很密的网兜里,网兜就浸在他们脚边的水中。他们心里喜滋滋的;这种喜悦,是一个人被剥夺了某种心爱的乐趣,时隔很久又失而复得的时候才能感受到的。

和煦的阳光在他们的肩头洒下一股暖流;他们什么也不听;他们什么也不想;仿佛世界上的一切都不存在;他们只知道钓鱼。

但是,突然震耳欲聋的一声巨响,仿佛是从地下传来似的,大地都应声发抖。那是大炮又轰鸣起来。

莫里索扭过头,越过堤岸,向左上方望去,只见瓦雷利安山的巨大身影的额头上有一朵白絮,那就是它刚刚喷出来的硝烟。

紧接着第二朵烟花从堡垒顶上冲出来;过了一会儿,又是一声炮响。

炮声一下连着一下,山头喷出一股股死亡的气息;吐出的乳白色烟雾在静静的天空缓缓上升,在山的上空形成一片烟云。

索瓦热先生耸了耸肩膀,说:"瞧,他们又开始了。"

莫里索正在紧张地望着他的一次又一次往下沉的渔标;突然,这个性情平和的人,对这些像疯子般热衷于战争的狂徒怒从中来,低声抱怨道:"一定是傻瓜才会这样自相残杀。"

索瓦热先生接着他的话说:"连畜生也不如。"

莫里索刚钓到一条欧鲌,他表示:"可以这么说,只要这些政府还在,这种情况永远也不会改变。"

索瓦热先生接过他的话,说:"不过,如果是共和国,就不会宣战了⋯⋯"

莫里索打断他的话:"有了国王,打外战;有了共和国,打内战。"

他们就这样平心静气地讨论起来。他们以温和而又眼界狭窄的老好人的简单道理分析重大的政治问题,最后取得了一致的看法,就是人类永远都不能得到自由。瓦雷利安山上的炮火依然无休止地轰鸣。敌人的炮弹正在摧毁一座座法国人的房屋,粉碎无数人的生活,毁灭数不清的生灵,葬送许多人的梦想,许多人期待着的欢乐,许多人梦寐以求的幸福;在女人们的心里,在女儿们的心里,在母亲们的心里,在这里和许多其他的地方,留下永远无法治愈的痛苦的创伤。

"这就是生活。"索瓦热先生慨叹。

"还不如说这就是死亡。"莫里索接过他的话茬,微笑着说。

但是他们突然吓得打了个寒战,因为他们真切地感觉到有人在他们身后走动。他们回过头去一看,只见四个人,四个全副武装的彪形大汉,全都蓄着胡子,衣着像是身穿号衣的家丁,戴着平顶军帽,正紧挨他们的肩膀站着,手中端的枪指着他们的面颊。

两根渔竿从他们手中滑落,顺着河水漂流而下。

几秒钟的工夫,他们就被抓起来,绑上,带走,然后扔进一只小船,押到对面的岛上。

在那座他们原以为没有人住的房子后面,他们看到二十来个德国兵。

一个毛发浓重的巨人似的家伙,倒骑着一把椅子,抽着一个老大的瓷烟斗,用一口纯正的法语问他们:"喂,先生们,钓鱼的成绩挺好吧?"

这时候,一名士兵把满满一网兜鱼放到军官的脚边;他倒没忘了把这鱼兜儿也带来。那普鲁士军官笑着说:"嘿!嘿!我看成绩不错嘛。不过我们现在要谈的是另一回事。请听我说,不要慌嘛。

"我认为,你们两个是间谍,是派来侦察我的。我捉住你们,就该枪毙你们。你们假装钓鱼,是为了更好地掩盖你们的企图。你们落到我的手里,也是你们活该;这是战争嘛。

"不过,你们是从他们的前哨阵地过来的,肯定知道回去的口令。把口令告诉我,我就饶了你们。"

两个朋友脸色煞白,并排站在那里,紧张得两手微微颤抖,但他们一句话也没说。

那军官接着说:"谁也不会知道的;说出来,你们就可以平平安安回去了。你们一走,这秘密也就随着你们消失了。可是如果你们拒绝交出来,那就是死,而且马上就死。你们选吧。"

他们一动不动,一声不吭。

普鲁士军官依然平心静气,伸手向河那边指了指,说:"你们想想看,再过五分钟你们就要淹死在这条河里了。再过五分钟!你们想必都有亲人吧?"

瓦雷利安山仍旧炮声隆隆。

两个钓鱼人始终站在那里,沉默不语。这个德国人用本国话下了几道命令。然后,他把椅子挪了个地方,免得离两个俘虏离太近。十二个士兵走过来,站在距他们二十步的地方,枪柄抵着脚尖。

那军官又说:"我再给你们一分钟,多一秒都不给。"

然后,他猛地站起来,走到两个法国人跟前,抓住莫里索的胳膊,把他拉到一边,低声对他说:"快说,口令是什么?你的伙伴绝对不会知道的;我就假装心软了。"

莫里索没有回答。

这普鲁士人于是又把索瓦热先生拉到一边,向他提出同样的问题。

索瓦热先生没有回答。

他们又并排站在一起了。

那军官开始发令。士兵们举起枪。

这时,莫里索的目光偶然落在几步以外的草丛里装满鮈鱼的网兜上。

在一缕阳光的照射下,那堆还在挣扎的鱼闪着银光。他几乎要昏过去;尽管他强忍住,还是热泪盈眶。

他结结巴巴地说:"再见了,索瓦热先生。"

索瓦热先生回答:"再见了,莫里索先生。"

他们握了握手,浑身不由自主地哆嗦着。

那军官喊了声:"开枪!"

十二支枪同时响起。

索瓦热先生脸朝下,一头栽倒。比较高大的莫里索晃了几晃,身子打了个半旋,仰面倒在伙伴的身上,一股股鲜血从被打穿的制服的前胸涌出来。

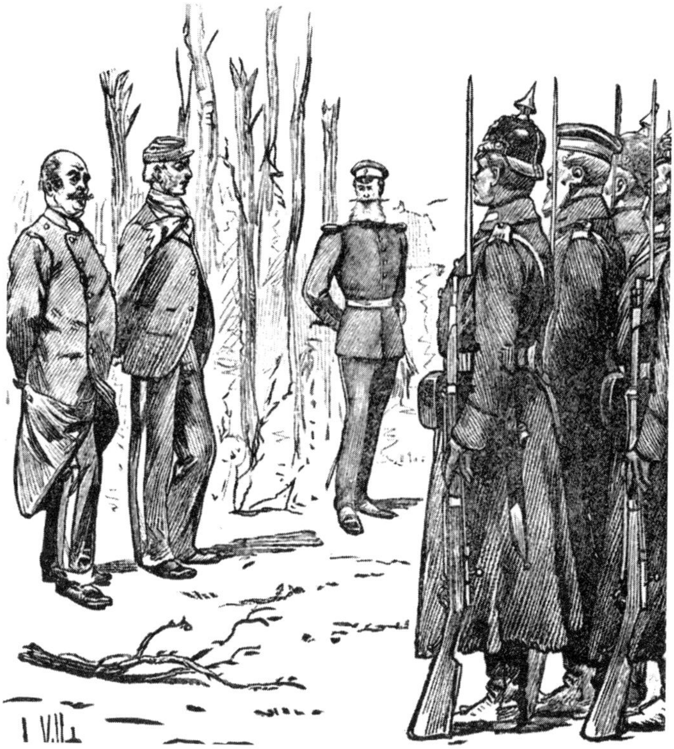

德国军官又下了几道命令。

他手下的人散去,然后带着绳子和石头回来。他们把石头捆绑在两个死者的脚上,然后把他们抬到河边。

瓦雷利安山还在不停地轰鸣,山头笼罩在硝烟里。

两个士兵抓住莫里索的头和腿,另外两个士兵同样地抓住索瓦热先生。他们把两具尸体用力荡了几下,然后远远抛了出去。尸体划了一个弧线,坠着石头的双脚冲下,直立地掉进河里。

河水溅了起来,翻滚了几下,颤动了片刻,又逐渐恢复了平静,微微的涟漪一直扩展到两岸。

水面上漂浮着一点血。

始终泰然自若的军官低声说:"现在轮到鱼去结束他们了。"

然后他向那小屋走去。

他突然看到草丛里的那兜鲈鱼。他捡起渔兜,端详了一下,微微一笑,呼道:"威廉!"

一个穿白围裙的士兵连忙跑来。普鲁士军官把两个被枪杀的人钓来的鱼扔给他,吩咐道:"趁这些小东西还活着,赶快去给我煎一煎。味道一定很美。"

然后他又抽起烟斗来。

圣安东尼[*]

献给 X.夏尔姆[①]

人们都叫他圣安东尼[②],因为他的名字叫安东尼,可能也因为他乐天知命,总是快快活活,喜欢开玩笑,爱佳肴,嗜美酒,又善于追女用人,尽管他已经年过六十。

他是科区[③]常见的那种身材高大的乡下人,满面红光,胸脯壮实,肚大腰圆,两条腿长长的;不过要撑起这么硕大的身

---

[*] 本篇首次发表于一八八三年四月三日的《吉尔·布拉斯报》,作者署名"莫弗里涅斯";同年收入法国鲁乌弗尔-布隆出版社出版的短篇小说集《山鹬的故事》;一九〇一年收入保尔·奥朗道尔夫出版社出版的插图版莫泊桑全集《山鹬的故事》卷。

① X.夏尔姆(1849—1919):全名克萨维埃·夏尔姆,法国公共教育部秘书处处长,一八七八年福楼拜通过他介绍莫泊桑到公共教育部工作。

② 圣安东尼(约251—约356):天主教圣人。他出生于埃及一个信仰基督教的富有农民家中;十八岁时失去双亲;二十岁时施舍家产,在旷野一废弃要塞隐修;二十年间,经受住魔鬼的强攻和诱惑;他和弟子们建立了最早的隐修所。

③ 科区:法国上诺曼底地区的一个白垩质高原自然区域。

躯,这两条腿可就显得有些单薄。

他的妻子已经亡故,他单身一人在自己的庄园里生活,有一个女仆和两个雇工。他管理自己的农庄称得上精明的鬼才;他对自己的利益关心备至;他做买卖,养牲畜,种庄稼,样样精通。他的两个儿子和三个女儿都攀上了好亲事,住在附近,每个月来跟老爸共进一次晚餐。他的精力旺盛在四邻八乡是出了名的;"他壮得就像圣安东尼。"大家这样称道他,已经成了口头禅。

普鲁士入侵的时候,圣安东尼常在小酒馆里扬言,他能吃下敌人一个军团;因为他像一个地道的诺曼底人那样爱吹牛,心里胆怯,却偏要夸海口。他用拳头猛敲着木桌,把咖啡杯和小酒杯都震得跳起舞来;他脸涨得通红,眼里冒着凶光,用乐呵人假装愤怒的语调高喊:"我一定要把他们吃掉,他妈的!"他满以为普鲁士人不会推进到塔内维尔;可是当他听说他们已经到了娄托,他就再也不出家门了,只是从厨房的小窗里不停地往大路上窥伺,预感到随时会有端着刺刀的敌人走过。

一天早晨,他正跟用人们一起吃饭,门开了,村长希科老板走进来,身后跟着一个戴黑色铜尖儿军盔的士兵。圣安东尼霍地站起身来;几个用人都看着他,心想会看到他把这个普鲁士人砍成碎块;不料他所做的只是跟镇长握了握手。镇长对他说:"这是分配给你的一个,圣安东尼。他们是昨天夜间来的。千万别干蠢事;他们说了,只要出一点点小事,就把全镇杀光烧光。我已经跟你说清楚了。你管他吃的;看来这是一个挺好的小伙子。再见,我去别的家了。每家都有份。"他说完就走了。

圣安东尼老爹吓得脸色苍白;他打量着分配给他的这个普鲁士人。这是个胖小伙子,肉乎乎的,皮肤白皙,蓝眼睛,金黄色的汗毛,络腮胡子一直蔓延到颧颊,看上去有些傻气、腼腆而又和善。机灵的诺曼底人很快就把他看透了,一颗悬着的心也放了下来,便示意他坐下,然后问他:"您想吃浓汤吗?"外国人听不懂。圣安东尼于是壮起胆子,把盛满浓汤的盘子推到他面前,说:"喏,吃了它,胖猪。"

那士兵回答了一声:"牙①",就贪婪地吃起来。农庄主很得意,觉得自己的威信又树立了起来,向几个用人眨了眨眼睛;他们既害怕又觉得好笑,脸上露出奇怪的表情。

普鲁士人狼吞虎咽地把一盘浓汤吃了下去;圣安东尼又给他盛了一盘,他同样一扫而光;要他吃第三盘的时候,他拒绝了,尽管农庄主一迭连声地说:"喂,把这一盘也塞下去。加加肥,不然你就说出不吃的原因来。吃呀,我的猪!"。

那个士兵还以为主人是要他多吃一些,所以满意地笑着,做着手势,表示肚子已经满了。

这时,圣安东尼已经跟他混熟了,敲着他的肚子喊道:"我这头猪的大肚子装满了!"不过他突然前仰后合,脸通红,像中了风似的几乎栽倒,话也说不出了。原来他想到了一件事,让他笑得喘不过气来:"圣安东尼和他的猪②就是这样,就

---

① "牙":德文 Ya 的音译,意思是"是"。
② 传说圣安东尼在旷野隐修时,陪伴他的是猪。

是这样。他就是我的猪!"三个用人也放声大笑。

老头儿乐不可支,让人拿来烧酒,上等的,最烈的,请大家一起喝。他们跟普鲁士人碰杯;普鲁士人恭维地咂着舌头,表示他觉得这酒好极了。圣安东尼冲着他的鼻子大喊:"怎么样?这是白兰地!在你家是喝不到的,我的猪。"

从这以后,圣安东尼老爹出门总要带上他的普鲁士人。他总算找到了合适的机会,进行他特有的复仇,一个戏谑老手的复仇。圣安东尼的恶作剧,让胆战心惊的本地人,背着入侵者笑得肚子痛。真的,论起逗乐儿,谁也比不了他。只有他能想出这样的招儿。老机灵鬼,真有你的!

他每天下午都挽着他的德国人去邻居家串门。他拍着他的肩膀,喜滋滋地向他们介绍:"瞧呀,这是我的猪,看他是不是长膘了,这个畜生。"

那些乡下人心里都乐开了花。"圣安东尼这家伙,他真会搞笑!"

"我把他卖给你吧,塞泽尔,三个皮斯托尔①。"

"我买下了,圣安东尼,我还要请你来吃猪血灌肠。"

"我,我想吃的是他的蹄子。"

"你摸摸他的肚子,你就看得出,他身上全都是肥油。"

大伙儿挤眉弄眼,不敢笑得太放肆,怕普鲁士人猜出来他们在嘲弄他。只有圣安东尼,一天比一天大胆,经常拧着他的大腿,高喊着:"全是肥肉";拍着他的屁股,叫嚷着:"全是猪

------

① 皮斯托尔:法国古币,相当于十法郎。

皮";用他那能举起铁砧的粗壮的胳膊把他抱起来,一边说:"净重六百公斤,还不带损耗。"

他已经养成了习惯,带他进了谁家就让谁家拿东西给他的猪吃。这成了他每天最大的乐事,最大的消遣:"您愿意给他什么就给他什么,他全吃。"人们给他面包,黄油,土豆,冷食,猪下水香肠,还特别说明:"这是您的下水,上等的。"

这个士兵又傻又听话,给他吃什么他就乖乖地吃什么,并且对这么多人关心他感到荣幸。来者不拒的结果,几乎让他吃出了病;他真的越来越肥,那身军装对他来说已经太紧了。圣安东尼非常高兴,对他说:"我的猪,你要知道,得给你另外做个笼子啦。"

再说,他们还真变成了世界上最要好的朋友;老头儿每次去附近办事,普鲁士人都主动陪他去,唯一的原因就是喜欢跟他在一起。

气候严寒,冰冻三尺,一八七〇年的冬天仿佛把所有灾难都一股脑儿投在法兰西的土地上。

圣安东尼老爹办事既有远见,也会见机而行;他预计来年春天会缺少厩肥,便向一个手头拮据的乡邻买了一些;双方谈好,他每天傍晚驾着他的两轮板车去拉一趟。

所以每天,天快黑的时候,圣安东尼老爹就总是由他的猪陪着,动身去相距半法里远的奥勒农庄拉厩肥。每天给这畜生吃东西的时候,都热闹得像过节。当地人全都跑去看,就像星期日去望大弥撒一样。

不过,那士兵还是起了疑心;如果大家笑得太厉害,他就转动着不耐烦的眼睛,有时眼里还闪烁着愤怒的火花。

一天晚上,他吃饱了,再也不肯多吃一口;他想站起来回去。可是圣安东尼手腕一使劲,一把拦住他,然后两只有力的手放在他肩膀上用力一摁,他猛地坐下去,把椅子都压散了。

大伙儿开心得捧腹大笑;圣安东尼得意扬扬,把他的猪从地上拎起来,装出要给他包扎伤口的样子,然后喊道:"他妈的,既然你不愿意吃,那就得再喝点儿!"立刻就有人去小酒馆买烧酒。

普鲁士兵转动着两只愤怒的眼睛,不过他还是喝了,要他喝多少他就喝多少;在围观者的喝彩声中,圣安东尼跟他对着喝。

诺曼底人脸红得像个西红柿,眼里直冒火,不停地往杯子里倒酒,一边碰杯一边咕噜着:"祝你健康!"普鲁士人呢,一声不吭,只顾大口大口地往肚子里灌白兰地。

这是一场较量,一次战斗,一种复仇!他妈的,看谁喝得多!一升酒下肚以后,他们谁都不能再喝了。可是两个人中没有一个输家。他们打了个平手,如此而已。那就第二天重新开始!

他们摇摇晃晃地走出去,上路了。两匹马拉着运厩肥的大车在他们旁边慢吞吞地行进。

开始下起雪来,没有月亮的夜晚,从铺在凄凉原野上的这层白色借得一点可怜的微光。寒气刺骨,更加重了这两个人的醉意。圣安东尼因为没有占上风而怏怏不乐,就拿他的猪

★ 100

开心,推搡他的肩膀,想把他推到沟里去。对方一再躲闪着他的进攻,并且每一次都气恼地进出几个德国词,惹得农庄主哈哈大笑。最后,德国人愤怒了;就在圣安东尼又要推搡他的时候,他狠狠回敬了圣安东尼一拳,把巨人般的农民打了一个趔趄。

醉老头儿火冒三丈,拦腰抱住普鲁士人,像摇晃小孩子似的晃悠了几秒钟,接着猛地一使劲,把他抛到路的另一边。然后,他叉着胳膊又笑起来,这回干得这么利索,他十分得意。

可是士兵一骨碌爬了起来,光着脑袋,因为他的头盔摔掉了;他拔出军刀,向圣安东尼老爹扑过来。

见此情景,乡下人手握着鞭子杆的半腰,这鞭子是用冬青木做成的,笔直,像干燥的牛后颈韧带一样刚中有柔。

普鲁士人扑到跟前了,他低着脑袋,刀尖朝前,心想准可以一刀致命。但是就在刀尖要戳进肚子的一刹那,老头儿一把抓住刀身,把刀推开了,紧接着用鞭子的把柄猛击对方的太阳穴;敌人立刻倒在他脚下。

这一来,乡下人惊呆了,不知所措。他看到那身体先抽动了几下,然后就肚皮朝地一动不动了。他弯下腰,把那身体翻过来端详了一会儿。普鲁士人眼睛闭着,鲜血从鬓角的一个裂口流出来。尽管天色已黑,圣安东尼老爹仍然分辨得出雪地上棕红色的血迹。

他呆呆地站在那儿,昏了头,而这时那两匹马一直在不慌不忙地拉着车往前走。

他该怎么办呢？他一定会被枪毙的！敌人会烧掉他的农庄，把全村变成一片废墟！怎么办？怎么办？怎样才能把这具尸体，这个死人藏起来，骗过普鲁士人？远远的，在寂静的雪原深处传来人说话的声音。他更是惊慌，于是他捡起军盔，戴在他的受害者头上；然后搂住他的腰，把他抱起来，跑去追赶他的马车，把尸体抛在厩肥上。只能先回家，再考虑怎么办。

他一边小步走着，一边苦思冥想，想不出一点主意。他看得出，感觉得到，自己完蛋了。他回到自己家的院子里。屋顶小窗还有灯光，他的女仆还没睡；他连忙把车往后倒，退到一个沤肥坑边。他想，卸下车上装的厩肥的时候，放在上面的尸体自然就会跌落到坑的底下；于是他翻倒了大车。

正像他预料的那样，普鲁士人被埋到厩肥底下了。圣安东尼用长柄叉把厩肥堆平整了一下，就把叉子杵在旁边的地上。他叫来一个雇工，吩咐他把两匹马带回马厩，便回自己的屋里去。

他躺下，一直思考着下一步怎么办，可是想不出任何办法；他一动不动地躺在床上，内心的恐惧越来越强烈。敌人一定会枪毙他！他吓得直出冷汗，牙齿咯咯作响；他再也没法在被窝里待下去，便哆哆嗦嗦地从床上爬了起来。

他下楼到了厨房，从橱柜里拿了一瓶白兰地，又回到楼上。他接连喝了两大杯，刚才的醉意还没醒，现在醉得更厉害了；可是这并没有减轻他内心的忧虑。真他妈的蠢，他干了这么一件好事！

他不停地踱来踱去,寻思着计策、说辞和花招;他不时地喝一大口烈酒,给自己增加一点勇气。

他还是想不出办法,想不出一点办法。

将近半夜时,他的看家狗,一条名叫"贪吃"的狼狗,拼命地嗥叫起来。圣安东尼老爹顿时胆战心惊;这畜生每发出一声凄厉的长吠,老头儿就起一身鸡皮疙瘩。

他就像两条腿折断了似的,整个人倒在椅子上,痴痴地发呆;他已经精疲力竭,惶恐地等待着"贪吃"重新开始它的哀号;震撼我们神经的那种恐怖,一次次让他心惊肉跳。

楼下的座钟敲响了清晨五点。那条狗仍然叫个不停。乡下人简直要疯了。他站起来,想去解开系那条狗的链子,让它别再叫唤。他走到楼下,打开门,在夜色中往前走。

雪还在下。大地白茫茫一片。农庄的房屋变成了几个大黑斑。老人走近狗窝。那条狗正在拉扯着链子。他把它放了。这时"贪吃"猛地一窜,又戛然止步;它的毛都支了起来,伸出两只前爪,露出獠牙,鼻子朝着厩肥堆。

圣安东尼从头到脚一阵战栗,喃喃地说:"你怎么啦,癞皮狗?"他向前走了几步,眼睛在昏暗的院子里,在模糊不清的阴影中搜索。

忽然,他看见一个形体,一个人的形体,坐在厩肥堆上!

他看着这个形体,几乎要吓瘫了,气都喘不过来。他突然看见杵在地上的长柄叉;他从地里拔起叉子;人恐惧到了极点,懦夫也会变得勇敢,他冲向前去,想看个清楚。

原来是他,他的普鲁士人;他躺在厩肥里被焐暖和了,苏醒过来,爬了出来,浑身的臭粪。他无意识地在厩肥堆上坐下,痴痴地待在那里,纷纷扬扬的雪落在他身上;他身上沾满了污秽和血迹;他还醉得晕晕乎乎,刚才的重击打得他还昏天黑地,受伤的身体已经疲惫不堪。

他也看见了圣安东尼,不过他昏头昏脑,还弄不明白是怎么回事,他动了动,想要站起来。但是老头儿一认出是他,就像一头疯狂的野兽一样勃然大怒。

他嘟哝着:"啊!猪!猪!你还没死!现在,你要去揭发我了……等等……等等!"

他冲向德国人,像举起长矛一样高举起叉子,使出两臂的全部力量刺过去;四个铁齿深深扎进德国人的胸膛,一直扎到木柄。

那个士兵发出一声濒死的长长的哀号,仰面倒下;老农把他的武器从伤口里拔出来,又往肚子上、胸脯上和喉咙上连连猛戳;他就像疯子一样,把这抽搐的身体从头到脚戳满了窟窿,里面涌出大股大股的血浆。

然后他停了下来,动作之猛烈让他气喘吁吁,他大口地呼吸着;把普鲁士人杀死了,他的心情平静了许多。

这时,鸡棚里的公鸡高唱,天就要亮了,他开始掩埋尸体。

他在厩肥堆上挖了一个窟窿,找到了地面又继续往下挖;他干得毫无章法,只是两条胳膊和全身狂乱地动着,竭尽全力地蛮干一通。

等坑挖得够深了,他就用叉子把尸体推到坑里,把土扔进去盖在尸体上面,又踩了好一会儿,然后再把厩肥堆到原来的

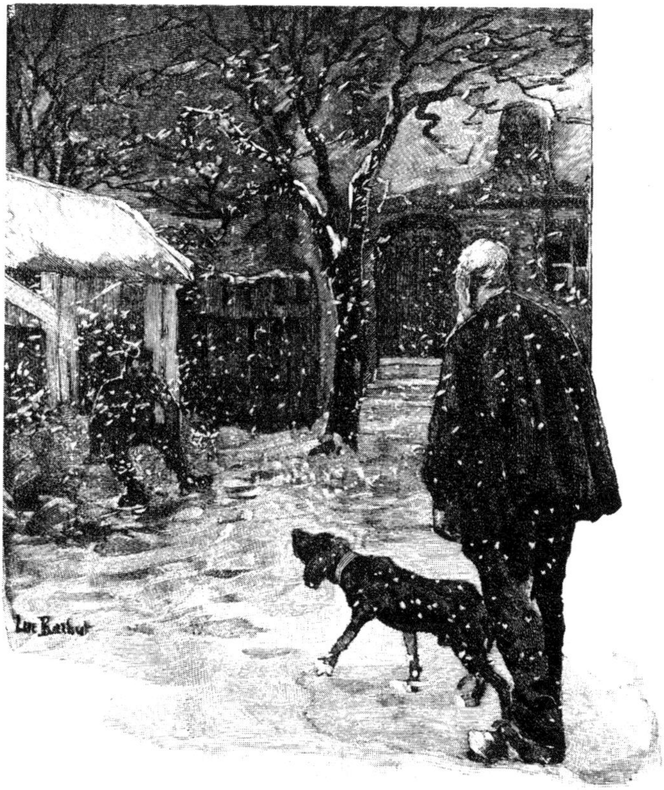

位置。看到浓密的大雪在弥补自己的工作,用它白色的面纱掩盖了留下的痕迹,他露出了微笑。

完事了,他把长柄叉又插在厩肥堆上,就回自己的房里。剩下的半瓶白兰地仍然放在桌子上;他一口气把酒喝光,便一头倒在床上,沉沉入睡。

他睡醒时,酒也醒了;他头脑冷静了,精神饱满了,可以判断情况、为事态的发展做准备了。

一小时以后,他就在村里到处跑,打听他的那个普鲁士士兵的下落。他还去找他的长官,想知道他们为什么——用他的话说——把分给他的人撤了回去。

由于大家都知道他们关系极好,谁也没有怀疑他;他甚至带领人四处寻找,说那个普鲁士人每天晚上都去找女人。

邻村一个退休宪兵被逮捕,枪毙了;他开一家小客栈,并且有一个漂亮女儿。

瓦尔特·施纳夫斯的奇遇[*]

献给罗贝尔·潘松[①]

自从他随侵略军进入法国,瓦尔特·施纳夫斯就认为自己是最不幸的人了。他身体肥胖,走路吃力,喘得厉害,非常扁平而又非常肥厚的脚让他痛得难以忍受。再说他爱好和平,待人宽厚,一点也不逞强好胜,一点也不粗暴残忍。他是四个孩子的父亲,深爱自己的孩子;他太太是个金黄色头发的少妇,现在他每天晚上都心酸地怀念那百般的温存、无微不至的体贴和亲吻。他喜欢早睡晚起,喜欢不慌不忙地享受好吃

---

[*] 本篇首次发表于一八八三年四月十一日的《高卢人报》;同年收入法国E.鲁乌弗尔－G.布隆出版社出版的莫泊桑小说集《山鹬的故事》;一九○一年收入保尔·奥朗道尔夫出版社出版的插图版莫泊桑全集《山鹬的故事》卷。

[①] 罗贝尔·潘松(1846—1925):莫泊桑青年时代的挚友。二人曾一起在塞纳河上划船,演出莫泊桑写的剧本。他后来担任鲁昂图书馆副馆长,向莫泊桑提供过不少故事素材。

的东西,到小酒馆喝上两杯啤酒。另外他还常想:人死了,生活中一切美好的东西就消失了,因此他心里对大炮、步枪、手枪和军刀怀有本能的同时又是经过思考的极端仇恨;他对刺刀尤其深恶痛绝,因为他感到他没法灵活地使用这种需要快速动作的武器来保护自己的大肚子。

每当黑夜来临,他裹着军大衣、席地睡在鼾声如雷的弟兄们身旁时,总是久久地想着留在远方的亲人,想着前途充满的种种危险:如果他被打死了,孩子们怎么办?谁来养活他们,培养他们?即使目前,尽管他临走时借了几笔债,给他们留下一点钱,他们也并不宽裕。瓦尔特·施纳夫斯有时想着想着就哭了。

每次战斗一打响,他就感到两腿发软;要不是想到整个部队都会从他身上踩过去,他早就躺倒了。子弹的呼啸吓得他毛发都竖起来。

几个月以来,他一直是这样在恐惧和忧虑中生活。

他所属的军团正在向诺曼底推进;有一天他跟一个小分队被派去执行侦察任务;他们只是要去探察一下当地的一个区域,然后就返回。乡间看来十分宁静,没有一点准备抵抗的迹象。

然而,就在这些普鲁士人气定神闲地走下一道横着许多深沟的小山谷时,一阵猛烈的射击撂倒了他们二十来个人,迫使他们戛然止步。原来是一支游击队突然从一片巴掌大的小树林里窜出,端着上了刺刀的步枪冲过来。

瓦尔特·施纳夫斯起初一动不动;事情来得那么突然,他都惊呆了,甚至连逃跑都没有想到。后来他才有了逃跑的强烈愿望,可是又立刻想到:跟一群像山羊一样连蹦带跳冲过来的精瘦的法国人相比,他跑起来就像乌龟一样慢。于是,见离他六步远的地方有个宽一点的沟,沟里荆棘丛生,叶子都已干枯,他就两腿一并跳了下去,甚至想都没想那沟会有多深,就像有的人从桥上跳河一样。

他像一支箭似的穿破一层厚厚的藤子和带刺的荆棘,脸和手都被划破了;他屁股着地,重重地跌落在一些石子上。他马上睁开眼,从刚才自己跳落时形成的一个窟窿里看到了天空。这个窟窿可能暴露他,他便手脚并用,在这乱枝盘绕犹如顶棚一样荫蔽着的沟底小心翼翼地爬,尽可能快地爬,离那片战场越远越好。他爬了一会儿停下,重又坐下,像一只野兔一样蜷缩在深深的枯草丛里。

在一段时间里,他还能听见枪声、喊声和呻吟声。后来战斗的嘈杂声减弱了,停止了,一切都重新变得寂静和安宁。

忽然什么东西在他身旁动了一下。他吓了一大跳。原来是一只小鸟落在一根树枝上,摇动了枯叶。瓦尔特·施纳夫斯的心怦怦地疾跳了足有一个小时。

夜幕逐渐降临,沟里越来越黑了。这当兵的开始思索起来。他该怎么办?他该何去何从?回自己的部队?⋯⋯怎么回去呢?从哪儿回去呢?那样的话,他又要重新过那自战争开始以来所过的充满忧虑、恐惧、疲劳和痛苦的日子!不!他觉得自己再也没有那个勇气。他也再没有精力去长途行军和经受每时每刻都会遇到的危险。

可是怎么办呢？他总不能待在这深沟里，一直藏到战争结束。不能！当然不能！如果人可以不吃饭，这个前景还不会太让他想而生畏；但是人必须吃饭，每天都得吃饭。

他就这样一个人孤零零地待着，带着武器，穿着军装，待在敌人的领土上，远离那些可以保护他的人。他不禁一阵阵地战栗。

他忽然想："如果我做了俘虏就好了！"他激动的心里顿时充满了渴望，一种要成为法国人的俘虏的强烈和难以抑制的渴望。当俘虏！他就得救了；关在看守森严的监牢里，有吃的，有住的，不受枪弹和军刀的威胁，也没有什么可以再担惊受怕的。当俘虏！多么美好的梦想！

他立刻下定了决心：

"我这就去当俘虏。"

他站起来，决心马上去执行这个计划，一分钟也不耽误。但是他站在那里并没有动，因为他突然又有了新的苦恼的想法，产生了新的恐惧。

他去哪儿当俘虏呢？怎么去呢？往哪边走呢？许多可怕的场景，死亡的场景，涌入他的脑海。

他独自一人，戴着尖顶钢盔，在野地里乱闯，会遇到很大的危险。

如果他碰上乡下人呢？这些乡下人看见一个掉了队的普鲁士士兵，一个没有自卫能力的普鲁士士兵，会跟打死一条野狗那样杀了他！他们会用长柄叉、十字镐、镰刀、铁锹弄死他！他们正憋着一肚子战败者的怨气，会残忍地把他剁成肉泥、肉酱。

如果他碰上游击队呢？那些游击队员可是一些不讲法律也不守纪律的狂热分子；为了取乐，为了消遣一个钟头，为了拿他的脑袋开玩笑，他们会枪毙了他。他觉得自己好像已经被推到墙角下，面对十二支步枪的枪筒，圆圆、黑黑的小枪眼好像正盯着他。

如果直接碰上法国军队呢？先头部队会把他当作侦察兵，当作一个孤身侦察的大胆而又狡诈的老兵，向他开枪。他仿佛已经听到俯卧在荆棘中的士兵们发出的不规则的枪声了；而他呢，站在一片田野中间，倒下去，被子弹打得像漏勺一样浑身是洞；他甚至都能感觉到子弹钻进他的肉里了。

他绝望了，重又坐下。在他看来，自己是走投无路了。

夜深了，无声而又漆黑的夜。他不再动；黑暗中发出一点点不明的轻微响声也让他打一阵哆嗦。一只兔子屁股碰了一下窝边，吓得瓦尔特·施纳夫斯差一点窜逃。猫头鹰的叫声撕破了他的心，他顿时肝胆俱裂，仿佛受了伤害似的痛苦。为了能在黑暗中看得清楚些，他把眼睛睁得老大；他仿佛总听见有人在附近走动。

挨过了漫长的时间，经受了地狱般的煎熬以后，他终于透过枝叶结成的顶棚望见亮起来的天空。这时他感到莫大的宽慰；四肢经过休息觉得轻松了；心情也平静一些；他闭上了眼睛。他睡着了。

他一觉醒来时，太阳已经几乎到了头顶；应该是中午了。

没有一点声响打乱田野凄凉的寂静。瓦尔特·施纳夫斯这时才感到饿得难受。

他连连打着哈欠;想到香肠,士兵们吃的美味香肠,他直流口水,胃也隐隐作痛。

他站起来,只迈了几步就觉得两腿无力,便又坐下来反复思量。他在两种决定之间犹豫了足有两三个小时,不时地改变主意,被各种截然相反的理由争夺着,拉过来扯过去,伤透了脑筋。

他终于觉得有一个办法合理而且可行,就是暗中窥伺,等一个单身村民路过,只要他没有武器也不带会伤人的工具,就跑上前去,让他立刻明白自己要投降,然后听凭他处置。

他于是摘下钢盔,因为钢盔的尖顶会暴露他;然后小心翼翼地把脑袋伸出沟沿。

视野之内没有一个单独的人影。右边,有一个村庄,烟从房顶升上空中,那是厨房的炊烟!左边,一条林荫路的尽头,有一座两侧建有塔楼的大古堡。

他一直等到傍晚。他痛苦极了,除了几只乌鸦飞来飞去,什么也没看见;除了肚子饿得咕咕叫,什么也没听见。

黑夜再次降临。

他在藏身之处的地上躺下,昏昏入睡。他辗转反侧,不断做噩梦,就像所有饥饿的人那样睡不踏实。

黎明又在他的头顶上空升起。他又四下里观察。但是田野仍像前一天一样空无一人;一种新的恐惧涌现在瓦尔特·施纳夫斯的脑海:他怕被活活饿死!他仿佛看见自己直挺挺地躺在他的窝底,仰着面,两眼紧闭。然后,一些动物,各种各样的小动物,向他的尸体爬过来,开始吃他,从四面八方攻击他,钻到他衣服下面咬他的冰冷的皮肉。还有一只大乌鸦用它尖尖的嘴啄他的眼睛。

他简直要疯了,以为自己虚弱得快要晕过去,再也走不动了。当他终于鼓足勇气,不顾一切,准备向那村庄跑过去的时候,却看见三个乡下人肩上扛着长柄叉,往田地里走;他忙又躲进沟里。

不过,夜色刚刚笼罩大地,他就慢慢从沟里爬出来,弯着腰,战战兢兢,心怦怦跳着,向远处的古堡奔去。他宁愿去古堡而不愿到村里去,在他看来村庄就像满是猛虎的巢穴一样可怕。

古堡底层的窗户都灯火通明。其中的一个窗户甚至敞开着,一股强烈的烤肉香味从里面散发出来;这香味突然扑进瓦尔特·施纳夫斯的鼻子,沁入他的肺腑,让他肌肉抽搐,呼吸急促,不可抗拒地吸引着他,让他鼓起了最后的勇气。

他不假思索,钢盔也没摘,突然出现在窗口。

八个仆人正围着一张大桌子吃晚饭。一个女佣目瞪口呆,酒杯也从手里掉下来。所有的眼睛都随着她的视线望去。

大家都发现了敌人!

天哪!普鲁士人进攻城堡了!……

起初是一阵喊叫,由八个不同声调发出的八声喊叫汇成的一片喊叫,一片极度惊恐的喊叫;接着是一阵闹哄哄的站起、拥挤、混乱,向里面的门的拼命逃窜。椅子被碰翻。男人撞倒女人,从她们身上迈过。只不过两秒钟的工夫,那房间里已经空无一人,饭菜都扔在那里。始终站在窗口的瓦尔特·施纳夫斯面对满桌的食物,不知所措。

他犹豫了一会儿,还是跨过窗台,向那些盘子走去。他饿极了,像一个发烧的病人一样直打哆嗦。但是一种恐惧感让他止步不前,不敢动弹。他听了一会儿。整座楼房都好像在震动;有频频的关门声,楼上的地板上的快速跑步声。这普鲁士士兵很不安,竖着耳朵倾听着这些嘈杂的声响;接着,他又听见一些人从二楼跳下来,身体跌落在墙脚软土上的沉闷的响声。

后来,一切活动、一切扰攘都停止了,庞大的古堡变得像坟墓一样沉寂。

瓦尔特·施纳夫斯在一盘还没有动过的菜前面坐下,吃起来。他大口大口地吃,仿佛生怕被人过早地打断、不能吃个够。他两手并用,把一块块肉往张得像陷阱似的嘴里塞;一盘盘食物接连下到他的胃里,把喉咙撑得老粗。他有时停一下,因为他就像填得太满的管子,快要撑破了。这时,他就像人们清洗塞住的管道那样,端起装苹果酒的酒壶冲刷喉管。

他把所有的菜、所有的汤、所有的酒一扫而光。他吃饱了,喝足了,一副蠢相,满脸通红,不停打着嗝,昏头涨脑,满嘴油光光。他解开军装的纽扣透口气;他一步也走不动了。他的眼睛闭上了,思想麻木了;他把额头搭着交叉的胳膊趴在桌子上,逐渐失去了对事和物的概念。

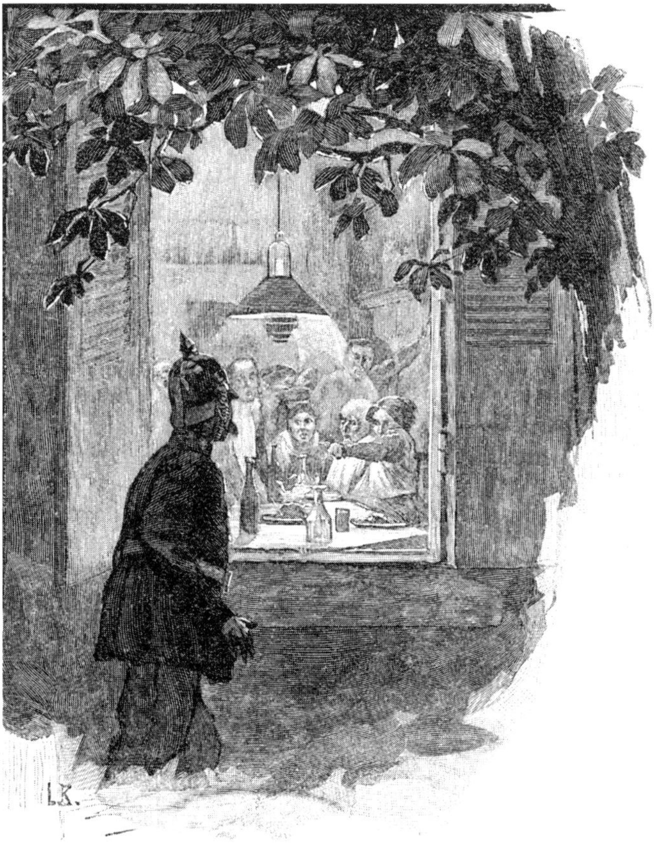

下弦月在花园的那片大树的上空隐约地照着原野。这是天亮以前最寒冷的时刻。

一些人影溜进矮树丛,他们人数很多,但是悄无声息;只有偶尔一缕月光照得黑暗中的钢刀尖儿发出反光。

静静的古堡耸立着它黑黝黝的巨大身影。底层只有两个窗内还有灯光。

突然,一个响亮的声音吼叫:

"前进!他妈的!冲!小伙子们!"

刹那间,门,护窗板,玻璃窗,都被一股人流冲开。他们冲呀冲,见什么就砸什么、摔什么,很快就冲进房子。刹那间,五十个武装到头发的士兵就跳进厨房,瓦尔特·施纳夫斯正在那里安安泰泰地休息,五十支子弹上膛的步枪对准他的胸口。他们把他打翻在地,狠揍一顿,然后揪住他,从头到脚五花大绑。

他挨了打,挨了枪托子,快要吓死了,但他仍然头脑昏昏,没明白是怎么回事,只是茫然地喘着大气。

突然,一个军服上镶着金线的胖军官,一只脚踩着他的肚子,大声喊道:

"你被俘虏了,投降吧!"

这普鲁士人只听进"俘虏"这个词,连忙呻吟着说:"ya,ya,ya."

他被拽起来,绑在一把椅子上;像鲸鱼般喘着粗气的战胜者们好奇地端详着他。他们又兴奋、又疲劳,有几个人已经挺不住,坐下来。

他呢,却露出微笑;现在他微笑了,因为他确信自己终于当上了俘虏!

又有一个军官进来,报告:

"上校,敌军已经逃跑;被打伤的好像不少。我们始终控制着全境。"

胖军官擦着额头的汗,高喊:

"我们胜利了!"

他从口袋里掏出一个做生意用的小记事本,奋笔疾书:

"经过一场恶战,普军携带着死者和伤员狼狈逃窜。估计他们有五十人丧失战斗力。数名敌军被我方擒获。"

年轻军官又问:

"上校,下面该怎样部署?"

上校回答:

"我们马上撤回,以防敌军以炮兵和更多的兵力进行反扑。"

说罢他就下令出发。

部队在古堡墙脚的阴影里重新集合,开始行动;他们从四面八方把捆绑着的瓦尔特·施纳夫斯团团包围,六名精兵握着手枪押着他。

几拨侦察兵派出去探路。部队蹑手蹑脚地往前走,还不时地停止前进。

天亮时,他们到达拉罗什-瓦塞尔专区。正是这个专区的国民自卫军建立了此次战功。

居民们正忧心忡忡、情绪紧张地等待着。远远看见俘虏的钢盔尖顶,就爆发出震耳欲聋的欢呼声。妇女们高举臂膀;几位老太太痛哭流涕;一个老大爷甩开他的拐杖打这普鲁士俘虏,却不料砸破了一个卫兵的鼻子。

上校大喊:

"请注意俘虏安全。"

队伍最后来到市政府。监狱的门打开了,瓦尔特·施纳夫斯被松了绑,投进监狱。两百名荷枪实弹的士兵在房子周围站岗。

这普鲁士士兵,尽管消化不良的症状已经折磨了他好一阵子,这时却快活得发疯,跳起舞来,疯狂地跳起舞来,又是举胳膊又是抬腿,一边跳还一边发疯似的喊叫,直到精疲力竭地倒在墙脚。

他终于当了俘虏!他得救了!

就这样,尚皮涅城堡在敌军占领六个小时以后被光复。

呢绒商出身的拉蒂埃上校因率领拉罗什-瓦塞尔的国民自卫军立下此次战功而荣获勋章。

米隆老爹[*]

一个月来，烈日一直向田野喷洒着灼热的火焰。在这火雨的浇灌下，绚丽夺目的生命之花盛开，大地绿油油的一望无际。天空一片蔚蓝，直到地平线的尽头。远远望去，散落在平原上的诺曼底农庄，被高耸的山毛榉围绕着，好似一片片小树林。但是走近了，推开虫蛀了的栅栏门，你又会以为来到了一座巨大的花园，因为那些像当地农民一样骨瘦如柴的陈年的苹果树，一棵棵都开满了花。黑黢黢的老树干，歪歪扭扭、弯弯曲曲，一行行排列在院子里，在晴空下撑开它们华美的圆顶，有白色的，也有粉红色的。盛开的苹果花溢出阵阵清香，和敞开的牲口棚散发出的浓烈气味、厩肥发酵冒出来的热气掺混在一起。成群的母鸡正在厩肥堆上觅食。

---

[*] 本篇首次发表于一八八三年五月二十二日的《高卢人报》；一八九九年收入保尔·奥朗道尔夫出版社出版的插图版莫泊桑小说集《米隆大叔》；一九〇四年收入同一出版社出版的插图版莫泊桑全集《米隆大叔》卷。

中午，一家人：父亲、母亲、四个孩子，还有两个女仆和三个男雇工，正在门前的梨树荫下吃饭。他们几乎没有说话。吃过浓汤以后，又揭开了盛满肥肉烧土豆的菜盆。

不时地，有一个女仆站起来，到地窖里去装满一罐苹果酒。

男主人，一个四十岁左右的身材魁梧的汉子，打量着屋边的一株还没长出叶子的葡萄树。弯曲的葡萄藤像蛇一样在百叶窗下贴着墙蜿蜒伸展。

他终于开口道："爹爹的这棵葡萄树今年早早就发芽，说不定要结果了。"

女主人也转过头去看那株葡萄树，不过一言未发。

这株葡萄树栽的地方正好是老爹被枪杀的地方。

那是一八七〇年战争①时发生的事。普鲁士人完全占领了这个地区。费德尔伯将军②率领的北方军还在抗击敌人。

当时，普军的司令部就设在这个农庄里。这个农庄属于一个年老的农民，皮埃尔·米隆老爹，他接待了他们，并且把他们安置得尽其所能地周到。

一个月来，德军的先头部队一直住在村里侦察情况。法国军队驻扎在十法里以外的地方，并没有什么动静。可是这期间，每天夜里都有普军的枪骑兵失踪。

---

① 指一八七〇年爆发的普法战争。
② 费德尔伯将军(1818—1889)：法国将军。一八七〇年九月二十日法国皇帝拿破仑三世在色当投降后，国防政府授权他指挥北方军。

所有派出去巡逻的孤立的侦察兵,只要是两三个人一组的,从来都是有去无回。

早晨,在一片田里、一个院子的边沿或者一条圩沟里找到了他们,但是都已经死了。他们骑的马也被人用军刀割断喉咙,倒毙在大路上。

这些屠杀事件看来像是同一伙人干的,可就是无法找到凶手。

普鲁士人在当地实行了恐怖的镇压。许多农民仅凭简单的告发就遭到枪杀,许多妇女被监禁。他们甚至想用恐吓的办法从孩子那里获取线索。结果还是没有发现任何蛛丝马迹。

一天早上,突然有人看见米隆老爹躺在他的马厩里,脸上有一道刀痕。

在离这座农庄三公里的地方,找到了两个肚子被捅穿的枪骑兵。其中一个手中还握着带血的兵刃,可见他曾经搏斗过,自卫过。

军事法庭立刻就在农庄前面的露天地里开审。老汉被押了上来。

他那年六十八岁,长得又矮又瘦,还有点儿驼背,不过两只大手像一对蟹钳。他的头发已经失去光泽,稀稀落落,像小鸭子的绒毛一样轻软,到处露出头皮。脖子的皮肤呈褐色而且布满皱褶,显出一条条粗粗的青筋;这些青筋从腭骨底下钻进去,又从两鬓拱出来。在当地,人们都认为他是个吝啬而且很难对付的人。

他们叫他站在从厨房里搬出来的一张桌子前,四个士兵在两旁看押着他。五个军官和一个上校坐在他的对面。

上校用法语问:

"米隆老爹,自从我们来到这里,我们对您只能加以表扬。您对我们一直都很殷勤,甚至可以说体贴入微。但是今天,一项可怕的指控牵涉到您,有必要弄个清楚。您脸上的伤痕是怎么弄的?"

老农民一个字也没回答。

上校接着说:

"米隆老爹,您不说话就证明您有罪。不过,我还是希望您回答我的问题,听见了吗?今天早上在十字架附近找到的两个枪骑兵,您知道是谁杀的吗?"

老人毫不含糊地回答:

"是我杀的。"

上校吃了一惊;他沉默了片刻,目光凝视着犯人。米隆老爹依然面无表情,脸上带着庄稼人的那股憨厚劲儿,眼皮低垂着,仿佛是在跟本堂神父说话。只有一件事透露出他内心的慌乱,那就是他显然在很使劲地一口接一口地咽唾沫,就像他的喉咙完全被掐住了似的。

老汉的家人:他的儿子让,儿媳,还有两个孙子,恐惧而又沮丧地站在他背后十步远的地方。

上校又问:

"一个月以来,每天早上在野外找到的我军侦察兵,您也知道都是谁杀害的吗?"

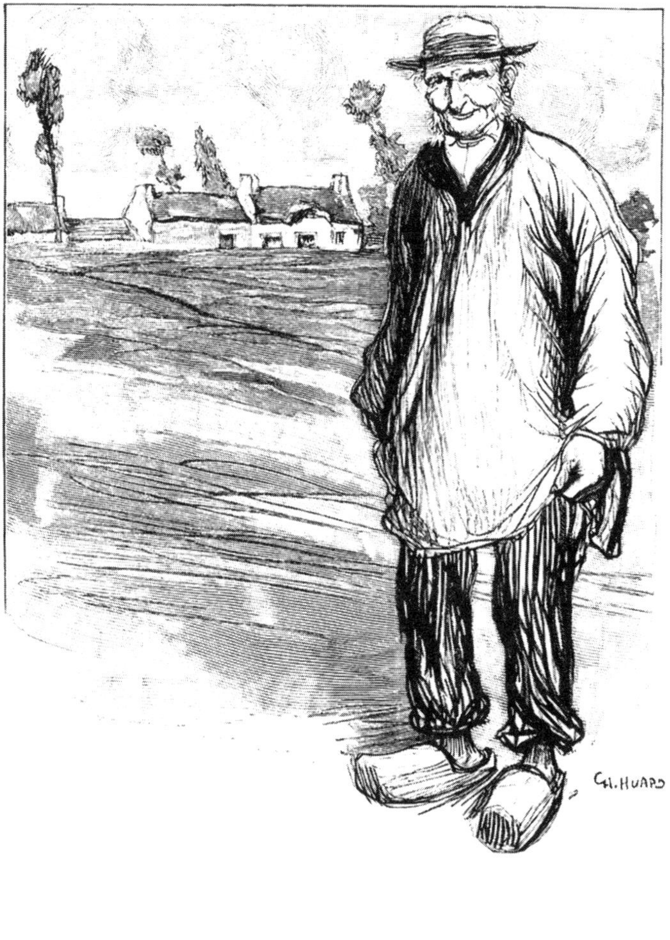
Ch. HUARD

老人依旧带着大老粗的木讷劲儿,回答:

"是我杀的。"

"全都是您杀的吗?"

"是的,都是,全都是我杀的。"

"您一个人?"

"我一个人。"

"告诉我,您是怎么干的?"

这一下,他有点着慌了;逼他讲长话,显然让他为难。他吭吭吱吱地说:

"我……我怎么知道?我怎么碰上就怎么干呗。"

上校说:

"我告诉您,您必须给我一五一十地都说出来。所以您最好还是马上拿定主意。您是怎么开始的?"

老人向他的家人不安地看了一眼。他们在背后注意地听着。他迟疑了一会儿,终于突然下定决心:

"有一天晚上我回家,大约十点钟,就是你们来的第二天。您,还有您的士兵,你们拿走了我值五十多埃居①的草料,还有一头母牛和两只绵羊。我就对自己说:'好,他们拿我多少,我就要叫他们赔多少。'我心里还有一些别的事,等会儿我再告诉您。先说那天晚上,我瞅见您手下的一个骑兵坐在我粮仓后面的圩沟边上抽烟斗。我就连忙走去摘下我的镰刀,蹑手蹑脚走到他背后。他一点儿也没听见。我就像割

---

① 埃居:法国旧时钱币,较流行的有面值五个法郎即一百苏的埃居。

麦子似的，一镰刀，就那么一镰刀，把他的脑袋割下来了。他连一声'哎哟'都没来得及喊。您只要到池塘去捞，就能找到他跟一块顶栅栏门的石头一起装在一个盛煤的口袋里。

"我有我的主意。我把他穿戴的东西，从靴子到军便帽，全都扒下来，藏在院子后面马丹家那片树林里的石膏窑里。"

老头儿说到这里打住了。军官们觉得简直不可思议，他们呆呆地彼此看着；过了一会儿，审问才又继续进行。下面就是他们得知的情况：

他一旦开了杀戒，从此一心想的就是："杀普鲁士人！"他恨他们，那是一个可以为财舍命而又有一副爱国心肠的农民才有的狡黠而又凶狠的仇恨。正像他自己说的：他有他的主意。他等了几天。

他对战胜者是那么恭敬，既听话又殷勤，所以他们让他自由来去，随便进出。因此他每天晚上都能看到传令兵出发。一天夜里，他听到骑兵们要去的那个村庄的名字以后，就出去了。要知道，由于他常跟士兵接触，已经学会了几个必要的德军常用语。

他走出院子，溜进树林，到了石膏窑，钻进那条长坑道。他找到藏在那里的那个死人的军装，穿在身上。

然后，他便在田野里转来转去。他沿着斜坡匍匐前进，好把自己隐蔽起来；只要有一点儿声响他就屏息倾听，像一个违禁偷猎者那样谨小慎微。

他认为时间到了，就移动到大路边，藏在一片荆棘丛里。

他继续等待。将近半夜的时候,硬土路面上响起了疾驰的马蹄声。他把耳朵贴在地上,判断只有一个骑兵过来,就做好准备。

那个枪骑兵带回紧急公文,骑着马一路小跑地过来;一路上,眼观四面,耳听八方。米隆老爹等他来到只有十步远的地方,拖着身子艰难地爬到路当中,叫喊:"Hilfe! Hilfe! 帮帮我!帮帮我!"那骑兵勒马停步,认出是一个落马的德国人,以为他受了伤,便跳下马,毫不生疑地走过来。可就在他朝陌生人俯下身子的时候,一柄马刀的弯弯的长刃准确地戳进他的肚子。他连垂危的痛苦也省了,只抖动了几下,就一头栽倒。

这诺曼底人,像老农民那样蔫不唧地狂喜,他站起身。为了取乐,又把死人的喉咙割断,然后才把尸体拖到沟边,扔下去。

马还静静地等候着它的主人。米隆老爹跨上马鞍,在平原上扬长而去。

一个小时以后,他又看见两个枪骑兵在返回营地的路上并排走着。他径直朝他们跑去,一边又叫喊起:"Hilfe! Hilfe!"普鲁士人认出了军服,便让他走过来,也毫无戒心。老头儿像一颗炮弹一样在他们中间一穿而过,马刀和手枪并用,把他们双双撂翻在地上。

他把两匹马也宰了,因为那是德国人的马!然后他就悄悄回到石膏窑,把剩下的一匹马藏到阴暗的坑道深处。他在那里脱下军装,换上自己穷酸的旧衣裳;便回家上床,一觉睡到天亮。

　　此后他一连四天没有出门,直到侦查结束。但是第五天,他又出动了,又用同样的计策杀死了两名士兵。从这以后他就再没有停过手。每天夜里,他都四处转悠,信马游荡,有时在这里,有时在那里,撂倒几个普鲁士人;这孤胆骑士,猎杀敌兵的勇者,在荒野上披星戴月,纵横驰骋。每次完成任务以后,这老骑士就撇下倒在大路边的尸体,回到石膏窑,把马和军服藏好。

　　到了中午,他就不慌不忙地给留在地下坑道里的马送去燕麦和水。他让它吃饱喝足,因为他还需要它担负重任呢。

　　但是,昨天晚上,他袭击的人中有一个有所戒备,在这老农的脸上砍了一刀。

　　不过,他还是把那两个家伙都干掉了!而且他能够回到窑洞,把马藏好,换上他破旧的衣裳。只是在回家的路上,他已经浑身瘫软;勉勉强强走到马厩,却再也没有力气回到家里。

　　他被人发现时浑身是血,躺在麦秸上……

　　他讲完以后,突然抬起头,骄傲地望着那些普鲁士军官。

　　上校捻着小胡子,问他:

　　"您还有什么话要说吗?"

　　"没有了。账已经算清了,我一共杀了十六个,一个不多,一个不少。"

　　"您知道您马上就要被处死吗?"

"我又没向您求饶。"

"您当过兵吗?"

"当过。我打过仗,那是从前的事了。再说,我那个跟一世皇帝①当兵的爸爸,就是你们打死的。还不算上个月你们又在埃夫勒②附近打死了我的小儿子弗朗索瓦。我欠你们的,早已还了。现在咱们谁也不欠谁的。"

军官们面面相觑。

老人接着说:

"八个是为我爸爸,八个是为我儿子。咱们谁也不欠谁的了。我呀,我并不是成心跟你们作对!我根本不认识你们!就连你们是从哪儿来的,我也不知道。可是你们闯到我家里,跟在你们家里一样发号施令。我已经在那些人身上报了仇。我一点儿也不后悔。"

老人挺直他僵硬的腰杆,像一位谦逊的英雄那样交叉起双臂。

普鲁士人低声交谈了很久。有一个也在上个月失去儿子的上尉,为这个行为高尚的穷苦人辩护。

辩护完毕,上校站起来,走到米隆老爹跟前,压低嗓音说

"听着,老头儿,也许还有一个办法可以救您,只要……"

可是老汉根本不听,只是对这位战胜国的军官怒目而视。风吹动他脑袋上绒毛般的细发,他突然把带刀伤的瘦脸紧绷

---

① 一世皇帝:指拿破仑一世。
② 埃夫勒:法国西北部厄尔省省会。

起来,露出一个可怕的表情,鼓足一口气,使出全身的力量,朝这个普鲁士人脸上猛啐了一口。

上校气得七窍生烟,刚举起手来,老人又向他脸上啐了一口。

军官们不约而同地站了起来,声嘶力竭地发出命令。

不到一分钟的工夫,这个始终镇静自若的老人就被推到墙根枪决了。临死前,他还向惊慌失措地望着他的大儿子让、儿媳妇和两个孙子送去几个微笑。

廷布克图*

林荫大道①,这条生命之河,在夕阳的金色粉末里人头攒动。整个天空都是红色的,令人目眩。在玛德莱娜大教堂②的后面,一片广阔无边的火烧云,向漫长的林荫道投下斜射的倾盆火雨,像炽烈的炭火升起的蒸汽一样颤动着。

欢乐而又行色匆匆的人群走在火热的雾霭里,犹如置身在神化了的世界。他们个个脸上泛着金光;黑色的礼帽和衣服反映着紫红的光彩;漆皮鞋向人行道的沥青路面发射着火苗。

在一家家咖啡馆前面,许多男人在开怀畅饮,闪着光亮、色彩鲜艳的饮料,像熔化在水晶杯里的宝石。

---

* 本篇首次发表于一八八三年八月二日的《高卢人报》;一八八五年收入夏尔·马尔朋和埃尔奈斯特·弗拉玛里庸出版社出版的莫泊桑小说集《白天和黑夜的故事》;一九〇三年收入保尔·奥朗道尔夫出版社出版的插图版莫泊桑全集《白天和黑夜的故事》卷。
① 参见《两个朋友》的注释。
② 玛德莱娜大教堂:位于今日巴黎第八区玛德莱娜广场。

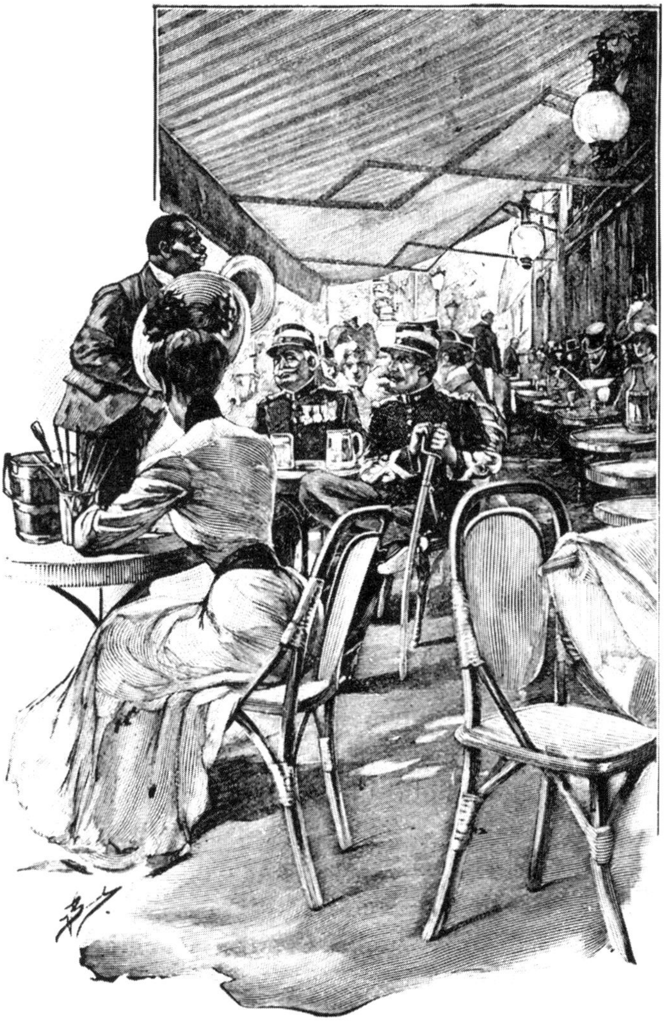

在衣着轻便但是颜色较深的客人中间,有两个服装笔挺的军官,金色的饰件光闪熠熠,引得所有人低头观看。在这荣耀的生活中,在这傍晚的光辉灿烂的氛围中,他们愉快地随便聊着;他们也观看人群,观看慢悠悠信步的男人和在身后留下撩人香味的急匆匆的女人。

突然,一个身材巨大的黑人,穿着一身黑色的衣服,大腹便便,亚麻布的坎肩上佩挂着各种小饰物,脸上像涂了一层蜡似的油光闪亮,得意扬扬地从他们面前经过。他对路人笑着,对卖报的小贩笑着,对灿烂的天空笑着,对整个巴黎都笑呵呵的。他高人一头,可谓鹤立鸡群;在他身后,所有逛马路的人都要回过头,从背后打量打量他。

可是突然,他发现了那两位军官,便不管不顾地推搡着别的酒客,冲过来。他一站到军官们的桌前,就用闪亮而又愉快的眼睛盯着他们,嘴一直咧到耳根,露出满口白牙,明亮得像漆黑夜空里一轮新月的白牙。两个军官有些惊讶,看着这个黑檀似的巨人,见他那么高兴感到莫名其妙。

他大声叫喊,那声音让所有桌子的客人都笑起来:

"你好,我的中尉。"

军官中的一个是营长,另一个是上校。前者说:

"先生,我不认识您;我不明白您要干什么。"

黑人又说:

"我很喜欢你,维迪埃中尉,贝奇围城,好多葡萄,找我。"

那个军官完全被弄糊涂了,直勾勾地看着这个人,在脑海里寻找着记忆;他突然大呼:

"廷布克图?"

黑人兴高采烈,高兴得直拍大腿,咧着大嘴,笑得不亦乐乎:

"是,是,呀,中尉,认出廷布克图了,呀,你好。"

已经晋升为少校的那个中尉也十分开心地笑着,向他伸出手。这时廷布克图又变得严肃了。他握住军官的手,对方还没来得及阻止他,他就按黑人和阿拉伯人的方式亲了一口。军人有些不好意思,郑重地说:

"行了,廷布克图,我们不是在非洲。坐下,跟我说说,你怎么会在这儿。"

廷布克图挺着大肚子,用特快的语速,含糊不清地说:

"挣了好多钱,很多,大饭店,吃得好,普鲁士人,我,搞了很多,很多,法国菜,廷布克图,皇帝的厨师,我有二十万法郎。哈!哈!哈!哈!"

他叫着,笑着,前仰后合,眼里流露出疯狂的喜悦。

军官听得懂他的奇怪的语言,又问了他一会儿,然后对他说:

"那么,再见啦,廷布克图,以后见。"

黑人立刻就站起来,这一次是紧握递过来的手,一边笑着,大声说:

"你好,你好,我的中尉!"

他走了。他是那么高兴,一边走一边手舞足蹈,人们还以为他是疯子。

上校问:

"这个黑小子是什么人?"

"这可是个好小伙子,也是一个好军人。听我跟你慢慢说说他的事儿,挺有趣的。"

您知道一八七〇年战争开始的时候,我被困在贝奇埃尔①,这个黑人叫它贝奇。我们并没有被包围,而只是被封锁。普鲁士人的阵线从四面八方把我们围困起来,在大炮射程之外,并不向我们开炮,而是要一点点用饥饿折磨我们。

我那时是中尉。我们防线由各种各样的部队组成,有支离破碎的残余联队,有逃兵,有脱离了主力部队的兵匪。总之,我们什么都有,甚至有十一个土耳克②,一个晚上,不知他们是怎么来的,也不知是从哪儿来的。他们出现在城门口,疲惫不堪,衣衫褴褛,饥肠辘辘,却喝得烂醉。人们把他们带给我。

我很快就发现他们无法无天,总是到外面去,总是喝醉。我曾经尝试着关他们禁闭,甚至把他们关进监狱,可是根本没用。我手下的这些兵经常整天整天地不见人影,就好像钻到了地底下,然后又醉醺醺地冒出来。他们没有钱。他们在哪儿喝的酒?怎么喝的?用什么喝

---

① 贝奇埃尔:作者杜撰的地名。
② 土耳克:阿尔及利亚步兵。阿尔及利亚步兵参加过克里米亚战争(1854—1855),因阿尔及利亚曾被土耳其占领,他们的服装类似土耳其人,故被俄国人称作土耳克。

的呢?

这开始让我感到强烈的兴趣,尤其是这些野人无时无刻不是笑呵呵的,他们的性格又都像淘气的大孩子。

不过我看出他们都盲目地服从他们中间最高大的那个人,您刚才看到的那个人。他就像个至高无上、无可争议的头领一样,颐指气使地统治着他们,筹划他们那些秘密的勾当。我把他叫来,盘问他。我们谈了足有三个小时,我费了好大力气才弄明白他那令人惊异的费解的话。至于他,可怜的魔鬼,为了让我听明白,他做出了闻所未闻的努力,发明出一些词儿,指手画脚,累得直流汗,擦着脑门儿,喘着大气;卡住了,等他以为自找到了一个新的表达办法,又突然接着说。

我终于连猜带蒙地听明白,他是一个大头领的儿子,廷布克图①附近一个黑人国王的儿子。我问他叫什么名字。他回答叫什么沙瓦哈利布哈利克拉纳弗塔坡拉哈。我觉得还是叫他的出生地更简单,于是叫他"廷布克图"。一个星期以后,整个驻防部队没有人再叫他别的名字。

不过我还是极想知道这位非洲前王子是从哪儿弄到酒喝的。我终于知道了,不过是通过一种奇怪的方式。

一天早上,我在城墙上研究周围的情况,发现葡萄园里有什么东西在动弹。那正是到了收获葡萄的时候,葡

---

① 廷布克图:非洲马里的一个城市,世界闻名的历史古城,有"三百三十三个圣人"和"沙漠明珠"之称。

萄已经熟了,但是我并没怎么想到葡萄这回事。我想到的是一定有个密探正接近城市。为了捉住这个坏蛋,我组织了一次不折不扣的出征,经将军许可,我亲自指挥。

我让三支小部队分别从三个城门出去,然后在那个出现可疑情况的葡萄园附近会合,把它包围起来。为了切断那个密探的退路,其中一个小分队至少做了一个小时的急行军。一个人留在城墙上观察,用暗号告诉我被发现的目标有没有离开现场。我们一声不响地,几乎是趴在车辙里匍匐前进。我们终于到达指定地点;我出其不意地展开我的士兵,他们在葡萄园里猛冲,找到了……廷布克图!他一边在葡萄树之间爬行,一边吃着葡萄,或者不如说在吞葡萄,就像狗在大口大口地吃浓汤一样,直接从葡萄枝蔓上咬住葡萄,一下子就把葡萄一嘟噜地扯下来。

我叫人把他拉起来,可是根本办不到,我才明白为什么他用手和膝盖爬行,因为人们刚把他立起来,他摇晃几秒钟,伸出手臂,又脸朝下跌倒。他已经烂醉如泥,我还没见过醉成他那个熊样的。

人们用两个支撑葡萄株的木棍架着,把他抬回来。一路上他一边手舞足蹈,一边不停地笑。

秘密全揭开了。原来我手下的这些捣蛋虫直接喝葡萄汁,醉得不能动弹了就倒地睡觉。

至于廷布克图,他对葡萄园的喜爱超出了一切想象和尺度。

他像斑鸫一样在葡萄园里生活,可是他又恨斑鸫,因为斑鸫是他的对手。他总在埋怨：

"斑鸫把普(葡)萄都吃光了,这些坏蛋!"

一天晚上,有人来找我,说看见平原上有什么东西正在向我们这边走来。我没带望远镜,看不清,那好像是一条大蛇在蜿蜒前进,或许是一个护送什么的车队?我怎么知道。

我派了几个人去迎着这队奇怪的人马;很快,这队人马就像凯旋似的进了城。廷布克图带着他的九个伙伴,用农村的椅子做成一种类似祭坛的东西,抬着八个血淋淋的龇牙咧嘴的砍下来的人头。第十个土耳克拉着一匹马,这匹马的尾巴上拴着另一匹马,另有六匹马以同样的方式一匹接一匹地拴着。

下面就是我了解的情况。我的那帮非洲兵去葡萄园的时候,突然远远看见一支普鲁士人的小分队,走进一个村子。他们没有逃跑,而是隐蔽起来;普鲁士军官们在一家客栈前下了马,想喝点东西解解渴,十一个机灵的壮汉冲上去,吓得普军枪骑兵连忙逃窜;他们杀死两个哨兵,外加一个上校和五个随行的军官。

那一天,我拥抱了廷布克图,但是我发现他走起路来有些困难。以为他受伤了;可他笑起来,对我说:"我嘛,给我的果(国)家做储备。"

廷布克图可不是为了荣誉而打仗,而且为了收益。凡是他找到的东西,凡是在他看来有某种价值的东西,特别是所有闪亮的东西,他都往裤兜里揣!多么深的裤兜啊!简直是个深渊,从髋部开始到脚踝才见底。他借用一个士兵的词,叫它"深兜"。他的兜确实够深!

所以他把普鲁士人军装上的镀金饰件,头盔上的铜,纽扣,等等,全都拆下来,扔进他的"深兜",塞得满满当当的。

每天他都急急忙忙地把所有落在眼里的发光的东西,锡块或者银币,往兜里扔,有时他走起路来滑稽极了。

他打算把这些东西运回鸵鸟之乡,他这个国王的儿子很像那些鸵鸟的兄弟,他恨不得把这些闪光的东西吃掉。如果没有那深兜,他会怎么办呢?他大概真会把它们吞下肚。

每天早晨他的裤兜都是空的。他一定有一个仓库,囤积他的财富。可是在哪儿呢?我始终没能发现。

将军得知廷布克图的这桩军功,赶快让人把搁在邻村的尸体埋掉,以免被人发现他们都被砍了头。第二天普鲁士人又来了,为了复仇,村长和七个有声望的居民,因为报告德国人进村被立即枪决。

冬天来了。我们筋疲力尽,已经陷入绝望的境地。现在每天都交火。大家饿得连路也走不动了,只有八个土耳克(三个已经战死)仍然是身体滋润,容光焕发,精力充沛,时刻准备着厮杀。廷布克图甚至还养肥了。一天,他对我说:

"你,老挨饿,我,有好肉。"

他果然给我拿来一块肥美的里脊肉。什么肉呢?我们已经没有牛,没有绵羊,没有山羊,没有驴,更没有猪。

也不可能搞到马。吃完那块肉,我把这一切都想了个遍。这时,一个可怕的思想来到我脑海。这些黑人出生在离吃人的国度不远的地方!而每一天都有那么多士兵倒在城市周围!我问廷布克图。他不肯回答。我也就不再坚持,但我从此再也不接受他的馈赠。

他很喜欢我。一天夜里,大雪让我们在前沿哨所猝不及防。我们当时都坐在地上。我同情地看着可怜的黑人们在纷纷扬扬的冰冷的雪花下冻得发抖。我非常冷,咳嗽起来。很快,我就感觉到有什么东西落在我身上,就像一条很大很暖和的被子。是廷布克图把他自己的大衣披在我肩上。

我站起来,把大衣还给他。

"你自己穿吧,我的小伙子,你比我更需要。"

他回答:

"不,我的上尉,是给你穿的,我不需要,我热,我热。"

他带着恳求的眼光看着我。

我又说:

"喂,听话,穿上你的大衣,我要求你穿上。"

黑人于是站起来,抽出他总是磨得像长柄镰刀一样锋利的马刀,另一只手拎着他那件我谢绝的肥大的军大衣:

"你要是不穿,我就把它看(砍)了;谁也别穿。"

他真会那么做。我让步了。

一个星期以后,我们投降了。我们中间有几个人得以逃跑。另一些人将要出城,向战胜者投降。

我正向集合的地点练兵场走去,遇见一个穿亚麻布衣服、戴着草帽的高大的黑人,把我惊讶得目瞪口呆。那是廷布克图。他好像满面春风,两只手插在裤兜里,站在一家小店前面,那小店的橱窗里陈列着两个盘子和两个杯子。

"你在干吗?"

他回答:

"我不揍(走),我是好粗(厨)师,阿尔及利亚,我左(做)饭给上校吃;我现在左(做)饭给普鲁死(士)人吃;搞他们狠(很)多钱,狠(很)多。"

天冷到零下十度。在这个穿亚麻布衣服的黑人面前我直打哆嗦。他挽着我的胳膊,把我拉进店。我一眼就看见一个很大的招牌,不过他要等我们走了再挂到门脸上,因为他多少还知道害羞。

我看到牌子上由某个同谋之手涂抹着这样一个告示:

廷布克图先生的军人餐馆

原皇帝陛下御用厨师

巴黎厨艺——味美价廉

尽管心里很不是滋味,我还是禁不住地笑出声来。我告别了我的黑人和他的新生意。

这岂不比当俘虏被带走要好吗?

您刚才看见,他成功了,这个机灵的小伙子。

贝奇埃尔今天属于德国。廷布克图餐馆是复仇的开始。

一场决斗*

战争已经结束,德国人占领了法国;像一个角力者被压在战胜者的膝下,这个国家在瑟瑟发抖。

从惊恐、饥饿、绝望的巴黎开出的头几列火车,慢腾腾地穿过田野和村镇,朝新划定的国界线驶去。头一批旅客透过车窗凝望着饱受蹂躏的平原和一个个焚毁的村庄。一些头戴黑色铜尖顶军盔的普鲁士士兵,在残存的农舍门前骑在椅子上抽着烟斗。还有的在干活或聊天,似乎他们就是这些农家的成员。经过城市的时候,可以看见整支整支的部队在广场上操练;尽管车轮发出隆隆的响声,嘶哑的口令声还是不时传到耳边。

迪布伊先生在整个围城期间一直在巴黎的国民自卫军效命,现在他前往瑞士找他的妻子和女儿。她们是在普军入侵

---

* 本篇首次发表于一八八三年八月十四日的《高卢人报》;一八九〇年收入保尔·奥朗道尔夫出版社出版的莫泊桑小说集《流动商贩》;一九〇二年收入保尔·奥朗道尔夫出版社出版的莫泊桑全集《羊脂球》卷。

以前，为了谨慎起见被送到国外的。

迪布伊先生是个家境富裕、与世无争的商人，饥馑和劳累一点儿也没有让他的肚子见小。他一边痛心疾首地逆来顺受，一边对人类的野蛮凶残发着苦涩的怨言，就这样熬过了那些可怕的事变。现在，他就要抵达国境线，战争已经结束；虽然曾经在城防工事里尽过自己的职责，在寒夜里放过不少次哨，这还是他第一次看见普鲁士人。

他望着这些全副武装、蓄着大胡子的人，驻扎在法国土地上却俨然像待在自己家里一样，又是愤怒又是害怕。他内心感到一股无能为力的爱国主义热情，可同时也感到谨慎行事的至关重要，这种新的本能自从战败以后就再也没有离开我们。

和他同车室的两个来游览的英国人，睁着平静而又好奇的眼睛张望着。他们俩也都是胖子。他们用本国语言谈话，时而翻阅着旅游指南大声念上一段，好把上面标的地方认认清楚。

突然，火车在一个小城的车站停下，一个普鲁士军官，军刀磕在两级梯阶上发出很大的响声，登上车厢。他个子高大，身体紧裹在瘦小的军服里，连鬓胡子一直蔓延到眼睛旁边。他的胡须红得像火苗；两撇唇髭颜色稍稍淡些，向两边延伸开去，把脸分成上下两截。

带着好奇心得到满足的微笑，两个英国人立刻打量起他来。迪布伊先生假装看报。他蜷缩在角落里，就像小偷面对宪兵。

火车又开动了。两个英国人继续交谈,一边寻找着昔日战场的准确地点。正当他们中的一个伸手指着远处的一个村庄时,那个普鲁士军官把两条长腿往前一伸,身子往后一靠,突然用法语说:

"窝(我)在撒(这)个村子里杀过斯(十)二个法国人。窝(我)还刷(抓)过一百多个副(俘)虏。"

这番话引起两个英国人的极大兴趣,他们连忙问:

"喔唷!这个村子叫什么?"

普鲁士人回答:"法尔斯堡。"

他又接着说:

"我还秋(揪)那些法国下流皮(坯)的耳朵。"

说到这里,他望着迪布伊先生,从大胡子里发出傲慢的笑声。

火车继续前进,穿过之处尽是被占领的村庄。路上和田边都可以看到德国兵。他们有的站在栅栏旁边,有的在咖啡馆前面,聊着天。他们就像非洲的蝗虫一样,遍地皆是。

那军官把手一伸,说:

"要是窝(我)来吃(指)挥,早就达(打)进巴黎了,宵(烧)它个精光,煞(杀)它个精光。那就不会才(再)有法国了!"

出于礼貌,两个英国人只回答了一句:

"喔唷,Yes。"

那军官接着说:

"耳(二)十年以后,欧洲,整个欧洲,都要粗(属)于我们。

铺(普)鲁士比任何国家都抢(强)大。"

两个英国人感到情况不妙,不再搭理他了。他蓄着长长的颊髯的脸变得毫无表情,就像是蜡做的;那普鲁士军官却大笑起来。他依然仰靠在座椅背上,极尽嘲弄之能事。他嘲笑被打垮的法国,侮辱已经倒下的敌人;他嘲笑不久前战败的奥地利;他嘲笑有些省份无济于事的反抗;他嘲笑国民别动队和不顶事的炮兵。他宣布俾斯麦①要用缴获的大炮铸造一座铁城。忽然,他把两只靴子搭在迪布伊先生的大腿上。迪布伊先生顿时面红耳赤,把眼睛转向别处。

两个英国人似乎对什么都漠不关心了,就像他们一下子又把自己封闭在他们的岛上,远离尘嚣。

军官掏出烟斗,眼睛盯着法国人问:

"你没有烟丝吗?"

迪布伊先生回答:

"没有,先生!"

德国人又说:

"等火车挺(停)了,我想庆(请)你去替窝(我)买一包。"

接着他又讪笑起来,说:

"窝(我)会给你肖(小)费的。"

火车鸣着汽笛,渐渐放慢速度;驶进一个建筑物已被焚毁的车站,停了下来。

---

① 俾斯麦,奥托·冯(1815—1898):普鲁士王国首相(1862—1890)和德意志帝国宰相(1871—1890)。

德国人打开车门,扯着迪布伊先生的胳膊说:

"去给窝(我)跑一糖(趟),怪(快)!怪(快)!"

一个普鲁士军小分队占据着车站。另有一些士兵站在木栅栏旁边观看。火车头又鸣起汽笛,准备起动。就在这时,迪布伊先生突然跳到月台上;尽管站长挥手制止,他紧接着又跳进旁边一节车厢。

这车厢里只有他一个人!他解开背心,因为心跳得太厉害了;他气喘吁吁,揩着脑门上的冷汗。

火车又在一个车站停下。那军官突然出现在车门口,登上车来,两个英国人也在好奇心的驱使下,跟着上了车。德国人在法国人对面坐下,仍然讪笑着说:

"你不远(愿)意替窝(我)炮(跑)腿。"

迪布伊先生回答:

"不愿意,先生!"

这时列车重又出发了。

军官说:

"那窝(我)就格(割)下你的户(胡)子来装烟斗。"

说着他就把手伸向对方的脸。

两个英国人依然毫无表情,目不转睛地看着。

德国人已经抓住一撮胡子,正要揪的时候,迪布伊先生使劲推开他的胳膊,抓住他的领子,一下子把他掀倒在座椅上。迪布伊先生已经气疯了,太阳穴上的青筋都鼓了起来,眼睛里充满了血丝。他一只手掐住德国人的喉咙,另一只手紧握着,狠命地朝他的脸连出重拳。普鲁士人挣扎着,想抽出军刀,又

145

想抱住压在身上的对手。但是迪布伊先生的大肚子压得他动弹不得;他挥拳狠打,气也不喘一口,更不管拳头落在什么部位。血流出来;德国人的脖子被紧紧扼住,嘶嘶啦啦地喘着气,好不容易张口吐出几颗被打落的牙齿。他试图推开这个怒气冲天的胖子,可就是推不开。

两个英国人已经站起来,走到跟前想看个仔细。他们兴致勃勃、满怀好奇地站在那里,正准备打赌,看两个斗士中最后谁胜谁负。

迪布伊先生筋疲力尽了;他突然直起腰,重新坐下,一言不发。

普鲁士人并没有向他扑过来;他依然惊魂未定,又惊讶又疼痛。等他喘过气来,才说:

"你要是不肯用受(手)枪和窝(我)倔(决)斗,窝(我)就打死你。"

迪布伊先生回答:

"悉听尊便。我愿意奉陪。"

德国人接着说:

"斯特拉斯爆

（堡）到了。窝（我）去找亮（两）个军官做整（证）人，在火彻（车）开出以前，还赖（来）得及。"

迪布伊先生还跟火车头一样喘着大气，对两个英国人说："二位愿意做我的证人吗？"

那两人齐声回答；

"喔唷，Yes！"

火车停了。

一分钟的时间，那个普鲁士人就找到两个同事，他们都带着手枪，于是众人来到城墙边。

两个英国人怕误车，不停地掏出表来看，他们加快步伐，匆匆做好准备。

迪布伊先生从来没有碰过手枪。他被安置在离敌人二十步远的地方。有人问他：

"准备好了没有？"

在他回答"准备好了，先生！"的时候，他注意到一个英国人打开了伞遮太阳。

就在这时，一个声音发出命令：

"开枪！"

迪布伊先生连忙胡乱放了一枪。奇怪，他惊讶地看见站在他对面的那个普鲁士人身体摇晃了几下，伸出胳膊，直挺挺地趴倒在地上。原来他把他打死了。

一个英国人"喔唷！"叫了一声，那叫声里透露出由衷的高兴、好奇心的极大满足和终于如愿以偿的兴奋。另一个英国人，拉着迪布伊先生的胳膊，拖着他一路小跑地向车站

奔去。

头一个英国人两手握拳,两肘贴紧两肋,一边跑,一边喊着步点儿:

"一,二! 一,二!"

三个人大腹便便,并肩朝前跑,活像滑稽报刊上的三个滑稽人物。

火车正要开动。他们跳进原来的那节车厢。两个英国人摘下旅行便帽,举起来挥动着,连呼三遍:

"Hip,hip,hip,hurrah!①"

然后,他们先后向迪布伊先生郑重地伸出右手;握完手,他们又回到自己的角落里并肩坐下。

---

① 英语:"嗨,嗨,嗨,乌拉!"

索瓦热婆婆*

献给乔治·布榭①

1

我已经十五年没有再来维尔洛涅了。今年秋季去那儿打猎,住在我的朋友塞尔瓦家,这才旧地重游。那时我这位朋友刚刚重修好他那座被普鲁士人毁坏的城堡。

我特别喜爱这一方土地。世界上有一些赏心悦目的角落,对人的眼睛有一种近乎肉感的魅力。人们对它们的爱甚

---

* 本篇首次发表于一八八四年三月三日的《高卢人报》;同年四月二十二日收入维克多·阿瓦尔出版社出版的小说集《密斯哈利特》;一九〇一年收入保尔·奥朗道尔夫出版社出版的插图版莫泊桑全集《密斯哈利特》卷。

① 乔治·布榭(1833—1894):法国国家自然史博物馆比较解剖学教授。福楼拜的好友;与左拉、莫泊桑均有交往。

至带有性爱的意味。我们这些对大地特别容易动情的人，看到一些泉水，一些树林，一些池塘，一些山丘，每每就像一次艳遇一样深受感动，甜蜜的回忆会终生难忘。有时候，我们的思想会回到某一片森林，某一段河岸，或者某一个鲜花盛开的果园；尽管只是曾在一个美好的日子里偶尔一瞥，但内心却留有深刻的印象，就像在一个春天的早晨在街头遇见的女郎，穿着浅色透明的衣衫，在我们心灵和肉体里留下一种难以平息和磨灭的欲望，一种擦肩而过的幸福之感。

在维尔洛涅，我爱这片原野上的一切。这里，小树林星罗棋布；小溪像血脉一样在泥土里纵横流淌，为大地注入血液。在小溪里可以捉到虾、鲈鱼和鳗鱼，真是其乐无穷！有些地方还可以洗澡，而且在潺潺溪流的岸边的高高的草丛里，还经常可以发现沙锥鸟。

我像山羊一样敏捷地前进，眼睛紧盯着我的两条在前面东寻西找的猎犬。塞尔瓦在我右边一百米远的一片苜蓿地里搜索。我绕过索德尔家的树林边缘的灌木时，远远看见一所茅屋的废墟。

我突然想起我最后一次看到这座茅屋时的情景，那是一八六九年的事了；那时它是那么干净，墙上攀着葡萄藤，门前有几只母鸡啄食。如今它却成了一座毫无生气的废墟，只剩下立着的骨架，残垣颓壁，一片凄凉。还有什么比这更令人伤怀的呢？

我还记得有一天我累得精疲力竭，一位好心的妇女曾请我进屋喝了一杯葡萄酒。当时塞尔瓦跟我讲过那家人的故事。父亲经常违禁偷猎，被宪兵打死了。儿子，我从前见过，

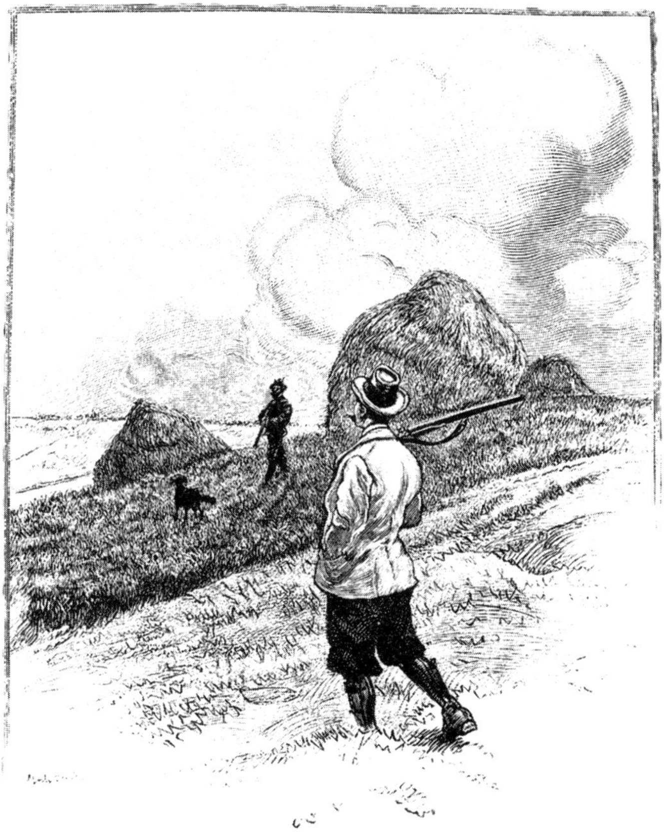

一个瘦高个儿的小伙子,摧残起野物来心狠手辣也是出了名的。大家都管他们叫索瓦热。这究竟是姓还是绰号呢?①

我呼唤塞尔瓦。他迈着鹭鸶般的长腿走过来。

我问他:

"这家人怎么啦?"

他就给我讲了下面这段奇事。

2

宣战②的时候,儿子索瓦热三十三岁,应征入伍,撇下母亲一个人在家。人们并不太替老妇人担心,因为她手上有点钱,这个大家都知道。

她仍旧住在树林边这座孤零零的房子里,独自一个人,远离村庄。再说,她也不害怕,因为这个又高又瘦的

---

① 索瓦热(Sauvage):在法语中作为普通名词有"野蛮""残忍"等含义。
② 宣战:指一八七〇年七月普法战争爆发。

老婆婆,就像她家的男人一样,脾气倔强;她很少有笑的时候,人们也从来不跟她说笑。再说乡下的女人本来就不大有笑容。笑,那是男人们的事!女人的心灵抑郁而又狭窄,她们的生活单调得看不到一线光彩。庄稼汉在酒馆里养成了一点闹中取乐的习惯,但他的婆娘永远是板着面孔,一本正经。她们脸上的肌肉从来也没有练习过笑的运动。

索瓦热婆婆在她的茅屋里继续过着平平常常的生活。不久以后,茅屋就覆盖上一层积雪。她每个星期到村子里来一次,买一点面包和肉;然后就回她的农舍去。听人说有狼出没,她出门时总背着枪,儿子的那支枪,枪已经生锈,枪托也被手磨坏了。索瓦热婆婆的样子看上去很有趣:她高高的个子,微微驼着背,地面雪厚,她只能缓慢地跋涉前进,紧巴着脑袋的黑帽子把谁也没看见过的白头发捂得严严实实,帽子后面露出枪管。

有一天,一批普鲁士人来到这个地方。按照每一户的财产和收入多少,他们被分配到居民家里吃住。人们知道老婆婆有钱,所以她摊到四个。

这是四个胖墩墩的小伙子,金黄色的皮肤,金黄色的胡子,蓝眼睛,尽管已经疲惫不堪,可是仍旧肥乎乎的;他们虽然是在被自己征服的国家,倒是都很和气。他们单独住在这个上了年纪的妇女家里,对她体贴入微,尽可能减少她的劳累和开支。人们可以看到,每天早上,索瓦热婆婆忙前忙后准备早饭的时候,他们四个人只穿着衬衫,在刺眼的雪光里,围着井洗脸,用大量的水洗他们北方男人的白里透红的皮肤。接着,又可以看到他们打扫厨房,擦窗户,劈木柴,削土豆,洗衣裳,就像四个孝顺儿子围在母亲身边,干着各种家务活儿。

但是,她却无时无刻不在惦念着自己的亲生儿子,她那个又高又瘦、鹰钩鼻、褐眼睛、浓浓的胡子在嘴唇上堆起一个黑毛团的儿子。她每天都要挨个儿问那四个住在她家的士兵:

"您知道那支法国部队,第二十三团,开到哪儿去了吗?我的儿子就在那里面。"

他们每一次都回答:"不吃(知)道,一填(点)也不吃(知)道。"他们的母亲也在远方,他们能够理解她的痛苦和忧虑,于是千方百计地在小事儿上关心她。何况,她也爱这四个敌兵;因为乡下人没有多少爱国主义的仇敌情绪,那只属于上等阶级。卑微的众生,也是付出最多的人群,因为他们贫穷,一切新的重负都压在他们身上;因为他们人数众多,他们成批地被屠杀,成为真正的炮灰;因为他们最弱小,最缺乏抵抗的能力,他们经受的战争带来的灾难也最残酷和深重。他们不理解那些好战的狂热叫嚣,那些激昂慷慨的荣誉观念,以及那些六个月以来已经把战胜和战败的两个国家都弄得筋疲力尽的所谓政治谋略。

谈到住在索瓦热婆婆家的四个德国人,当地人都说:

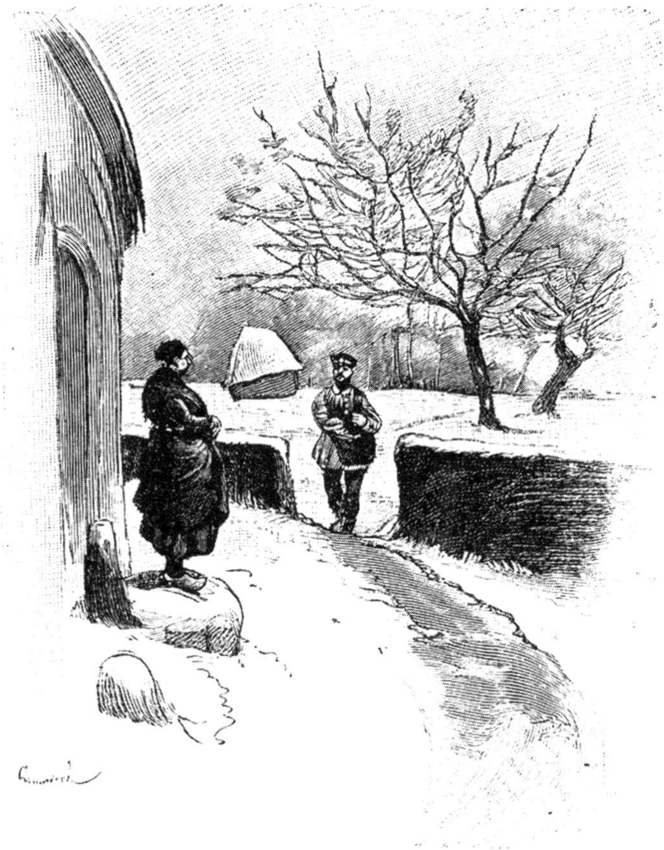

"他们可算找到自己的家了。"

然而,一天早上,老妇人独自在家的时候,远远望见一个人在平原上向她的住处走过来。她很快就认出那是走村串镇的邮递员。他交给她一张折起来的纸;她从眼镜盒里抽出做针线活儿用的那副眼镜,便读起来:

索瓦热太太:

这封信给您带来一个不幸的消息。您的儿子维克多昨天被一颗炮弹炸死;这颗炮弹几乎把他劈成了两半。我当时就在他跟前。因为在连队里我们俩很接近,他常跟我谈起您,并且要我在他万一遭到不幸时,当天就通知您。

我取出了他衣袋里的表,会在战争结束以后带来交给您。

向您致以亲切的敬礼。

第二十三步兵团二等兵

塞赛尔·里沃

写信的日期是三个星期以前。

她没有哭。她一动不动;震惊之下,反而麻木不仁,连痛苦也感觉不到了。她只是在想:"现在,维克多被打死了。"然后,才一点儿一点儿地,泪水涌上眼睛,痛苦渗到心里。可怕的、伤心的事一件件闪过她的脑海。她再也不能拥吻她的儿子,她的高大的儿子,再也不能了!宪兵杀死了父亲,普鲁士人杀死了儿子……他被一颗炮弹劈成了两半。她仿佛看见了那情景,那可怕的情景:人头落在地上,两只眼睛还睁着,嘴还像平时生气时那样咬着他那大胡子的尖儿。

他们后来把他的尸体怎么处置了呢?会不会把她儿子送回来呢?当初她丈夫是送回来的,尽管脑门上还有颗子弹。

这时,她听见有人说话的声音。那几个普鲁士人从村子里回来了。她连忙把信藏到衣兜里,而且抓紧时间仔细擦干了眼泪,然后带着平常的表情,若无其事地迎接他们。

他们四个喜笑颜开,兴高采烈,因为他们带回来一只很肥的兔子,大概是偷来的吧。他们向老婆婆做了个手势,意思是说待会儿就有好东西吃了。

她立刻动手准备午饭;但是临到杀兔子的时候,她没有勇气。然而这并不是她第一次杀兔子呀!一个士兵往兔子耳朵后面给了一拳,捶死了它。

小东西一死,

她就剥掉皮,露出鲜红的兔肉;可是一看到沾满两手的鲜血,那血起初还是温热的,她能感觉到它逐渐冷却并且凝固起来,这让她从头到脚不寒而栗。因为她看到的总是被炸成两段的高大的儿子,像这只还在抽搐的动物一样,浑身是血。

她和普鲁士人一同坐下来吃饭,但是她吃不下,一口也吃不下。他们大吃大嚼着兔肉,没有注意她。她一声不吭地瞟着他们,一个想法渐渐成熟;不过她脸上毫无表情,他们什么也没有看出来。

突然,她问道:"咱们在一块儿有一个月了,可是我连你们的名字都还不知道呢。"他们很费了些劲才弄明白她的意思,于是说出各自的名字。可是这还不够;她还要他们把姓名,连同他们的家庭住址,写在一张纸上。她把眼镜架在她的大鼻子上,仔细看了看那陌生的文字,就把这张纸折起来,放进衣兜,压在告诉她儿子死讯的那封信的上面。

吃完了饭,她对这几个男子汉说:

"我去给你们办点事。"

说完她就动手往他们睡觉的顶楼上运起干草来。

他们见她这么做,觉得奇怪;她向他们解释说这样他们会暖和些,于是他们也帮她干起来。他们把草捆一直垒到茅屋顶;他们就这样为自己搭建了一个四壁都是干草的大卧室,很温暖,还散发着清香。他们一定会睡得香甜。

吃晚饭的时候,他们中的一个见索瓦热婆婆仍然一口饭也不吃,有些替她担心。她说有点胃痉挛。然后,她把炉子生得旺旺的,坐下来烤火;四个德国人就顺着每天晚上用的梯子登上他们的卧房。

翻板活门刚刚关上,老婆婆就撤掉梯子,接着轻手轻脚地打开通到外面的门,又去搬了好多捆干草,把厨房填得满满的。她光着脚在雪地上走,轻得听不到一点声响。不时地,她还听听已经睡熟的四个士兵的响亮而又参差不齐的鼾声。

等她认为已经万事准备停当,她就扔了一捆干草在炉膛里,燃着以后,散在其余的干草捆上,然后就走到外边,静观动向。

几秒钟的工夫,一股熊熊的火光就照亮了整个茅屋,继而变成一团吓人的烈焰,一个炽热的巨大熔炉。火苗从窄小的窗口窜出来,把耀眼的光芒投射在雪地上。

不一会儿,顶楼里就传来一声狂吼,继而是一片人的号叫,令人心碎的惊慌和恐怖的呼救声。接着,房子里面,顶楼的活动板门坍塌下来,大火像旋风一样冲进顶楼,穿透茅草屋顶,像一支奇大无比的火炬直冲云霄;整个茅屋都在燃烧。

除了烈火的噼啪声,墙壁的爆裂声,房梁的坍塌声,里面什么声音也听不到了。屋顶一下子垮下来,熊熊燃烧的屋架,把一束巨大的火花喷向浓烟滚滚的高空。

银装素裹的原野,在大火的映照下像一块染红的银色台布一样光彩熠熠。

远方,钟声敲响了。

索瓦热老婆婆依然站在她那座焚毁的房子的门前,手里握着枪,她儿子的那杆枪,以防有人逃出来。

等她看到一切都结束了,她就把她的武器往大火里一扔。随之响起一声爆炸声。

一些人陆续跑来。有当地人,也有普鲁士人。

只见老妇人坐在一截树干上,神闲气定,心满意足。

一个德国军官,法语说得像一个法国人家的儿子一样纯正,问她:

"你家那几个军人在哪儿?"

她伸出枯瘦的胳膊,指着那堆正在熄灭的大火的红色余烬,大声回答:

"在那里面!"

人们紧紧围着她。那普鲁士人又问:

"火是怎么着起来的?"

她说:

"是我点的。"

没有人相信她的话,人们想一定是飞来横祸把她吓疯了。既然大家都围着她,听她说话,她索性把事情从头到尾说了一遍,从她怎样接到信,直到那些跟她的房子一起葬身火海的人怎样发出最后的惨叫。她的所为所感,连一个细节也没漏掉。

她说完了,从衣兜里掏出两张纸,为了借最后的火光分清这两张纸,她又架上了眼镜,然后向大家伸出其中的一张,说:"这一张,是维克多的死讯。"又伸出另一张,并且用头指了指通红的废墟,说:"这一张,是他们的姓名,好写信通知他们家里。"她把那张白纸不慌不忙地递给抓住她肩膀的军官,然后说:

"您一定要写明事情的经过,并且告诉他们的父母这件事是我干的。我叫维克多瓦尔·西蒙·索瓦热!千万别忘了!"

那军官用德语大声发了几道命令。她被揪住,推到她自家房子的墙根前。墙还热得烫人呢。然后,十二个士兵动作敏捷地在她面前相距二十米的地方排成一行。她纹丝不动。她早就明白会这样。她静候着。

一声令下,随之响起一长串枪声。有一响是在其他枪声过后,单独发出的。

老婆婆并没有栽倒。她是像被人砍掉双腿似的瘫在地上的。

普鲁士军官走上前去。她几乎被截成两段,可是她手里还紧紧攥着那封浸在血泊里的信。

我的朋友塞尔瓦说到这里,补充了一句:

"就是为了报复,德国人才毁掉了我那座本地唯一的城堡。"

我呢,我却想着被烧死在这茅屋里的那四个善良的小伙子的母亲,以及被枪杀在这堵墙前面的另一个母亲的残忍的壮举。

我随手捡起一块小石子,它还带着被大火熏黑的颜色。

161

上校的见解[*]

勒坡尔特上校说：

我敢说，虽然我老了，我有痛风病，两条腿僵硬得像栅栏桩子，可是，如果有个女人，一个漂亮女人，命令我从针眼里钻过去，我相信我一定会像小丑钻铁圈一样往里跳。我将来死也会这么死，这是血里带的。我是向女人献殷勤的老手，老派里的老派人。看到一个女人，一个漂亮女人，我会激动，从头到脚地激动。就是这样。

再说，先生们，我们法国人全都是这样。以前我们是天主的真正卫士，虽然天主已经被废除了，不管怎样，我们仍然是骑士，爱情和冒险的骑士。

但是女人，你们都知道，人们是无法从我们心里夺走

---

[*] 本篇首次发表于一八八四年六月九日的《高卢人报》；一八八五年收入维克多·阿瓦尔出版社出版的莫泊桑小说集《伊薇特》；一九〇二年收入保尔·奥朗道尔夫出版社出版的插图版莫泊桑全集《伊薇特》卷。

的。她们在我们心里,她们将永远留在我们心里。我们爱她们,我们会永远爱她们,我们会为她们做出一切疯狂的事,只要欧洲地图上还有一个法国。甚至即使法国也消失了,法国人总还存在。

我呢,在一个女人,一个漂亮女人的眼前,我什么事都干得出。见鬼!一旦我感到有个女人在看我,她那神圣的目光射进了我的身体,仿佛把火苗放进了您的血管,我就一心只想着干点什么,哪怕打架、斗殴、砸家具,为了显示我是最坚强、最勇敢、最忠诚的男子汉。

不过并非只有我一个人是这样,真的不是;我可以向你们发誓,整个法国军队都和我一样。只要事关一个女人,一个漂亮的女人,从士兵到将军,我们都会奋勇向前,战斗到最后。请想想圣女贞德①当年激励着我们做出的壮举就行了。唉,我敢跟你们打赌,色当②前夕,麦克马洪③元帅受伤以后,如果是一个女人,一个漂亮的女人,执掌军队的指挥大权,我们肯定能冲破普鲁士人的战线,他妈的!用他们的圆筒杯子喝一杯烧酒!

---

① 贞德(1412—1431):又称奥尔良贞女,在百年战争末期抗击英国侵略军的法国女英雄,被英军俘房后活活焚死。
② 色当:法国市镇,一八七〇年,麦克马洪元帅率领的法国军队再次大败于普鲁士军队。
③ 麦克马洪(1808—1879):一八七〇年普法战争开始后,法军失利,一部分主力退至法比边境的色当城,九月一日被普军包围和进攻,九月二日拿破仑三世投降。麦克马洪在色当指挥第一军团并被俘。一八七三年至一八九三年任法国总统。

那时的巴黎,需要的不是一个特罗胥①,而是一个圣女热纳维耶芙②。

我清楚地记得一个战争时期的小故事,它足以证明在一个女人面前,我们什么都做得到。

我当时是上尉,普通的上尉,指挥着一支侦查小分队在一个被普鲁士人侵占的地区撤退。我们被敌人包围、追逐,疲惫不堪,晕头转向,被疲劳和饥饿折磨得半死不活。

然而,我们必须在第二天之前赶到坦河畔的巴尔城,不然我们就要完蛋,被刀砍枪杀。我们是怎么一直逃到那儿的呢?我一点也记不得了。反正我们还得连夜走十二法里,在雪地里饥肠辘辘地走十二法里。我呢,我想:"这一下完了,我的可怜的士兵们无论如何也走不到。"

从前一天起我们就什么也没有吃。我们整个白天都躲在一个仓房里,为了减轻一点寒冷而身体紧挨着身体,不能说话,也不能动弹,就像累极了的人睡觉一样,断断续续地醒一会儿睡一会儿。

五点钟天就黑了,是那种下雪天黑里透白的黑夜。我唤醒我手下的人。很多人不想起来,他们已经被寒冷

---

① 特罗胥(1815—1896):法国将军。第二帝国期间,一八七〇年普法战争爆发后任巴黎城防司令。同年六月四日革命成立第三共和国每天任国防政府首脑,对包围巴黎态度消极,终至投降。
② 圣女热纳维耶芙(约422—约500):据传出生于巴黎附近的南泰尔,其父在巴黎任法官。她曾向巴黎居民保证他们不受匈奴人的侵犯,并得以实现,因此被奉为巴黎的主保圣人。

冻得僵硬了,动弹不得,站也站不住了。

我们面前是平原,老大一片赤裸裸的险恶的平原。鹅毛般的白色雪花在不停地下着,下呀,下呀,像一道帷幕,把大地上的一切都掩埋在一件冰冷的、厚厚的、死气沉沉的沉重大衣下面,一个冰雪的羊毛垫子下面,就像到了世界末日。

"喂,孩子们,出发。"

可是他们看着那自天而落的纷纷扬扬的大雪,好像在想:

"真受够了;还不如死在这儿!"

于是我掏出手枪。

"谁先怂,我就毙了谁。"

他们这才走起来,慢慢吞吞地,就好像累得拔不起腿来似的。

我派了四个人在我们前头三百米远为我们侦察;其余的人随着疲劳程度和步子大小的不同,散散乱乱,三五成群地跟在后面。我又布置了几个身体最结实的人断后,命令他们用刺刀……在背后驱赶掉队的人。

大雪仿佛正在把我们活活埋葬;它落在军帽上和军大衣上,但是并不融化,而是把我们变成幽灵,累得要死的士兵的幽灵。

我心想:"除非发生奇迹,我们绝不可能从这儿走出去。"

因为有些人跟不上队伍,我们不得不时而停下来歇几分钟。这时,就只听见落雪的隐约的沙沙声,那所有飘落的雪花相互碰撞、摩擦、混杂发出的几乎难以觉察的嘈杂声。

一些人强打精神,其余的人一动不动。

接着我下令重新出发。人们又把步枪扛上肩,有气无力地走起来。

先头的侦察兵突然退了回来。有什么情况让他们感到不安。他们听见前面有人说话。我便派了六个士兵和一个中士去看个究竟。然后我就等着他们的消息。

忽地,一个尖锐的声音,一个女人的声音刺破了雪天的沉寂。几分钟以后,派去的人带来两个俘虏,一位老人和一个姑娘。

我低声盘问他们。他们是在逃跑,因为傍晚的时候,喝得烂醉的普鲁士人占领了他们的家园。父亲为女儿担心,他们甚至没有通知家里的仆人,就乘夜逃跑。

我立刻看出他们是中产阶级的人,甚至比中产阶级的家境还要好。

"你们陪我们一起去。"我对他们说。

我们又出发了。老人对这一带很熟悉,他给我们做向导。

雪停了;星星又出现,寒气变得越发逼人。

年轻姑娘挽着父亲的胳膊,深一脚浅一脚,紧紧张张地走着。她好几次小声地说:"我两条腿都好像断了。"看到这个可怜的小女孩在雪地里走得这样艰难,我比她还要难过。

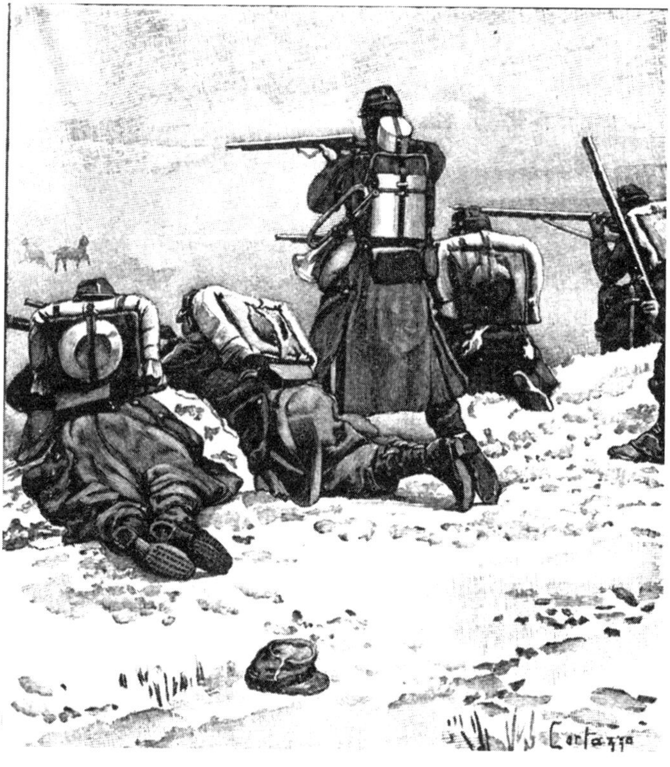

她忽然停下。

"父亲,我累得实在走不动了。"

老人想背她走;但是他连背起她的力量也没有。女孩叹了一口气,瘫倒在地上。

大家把他们包围起来。至于我,我急得直跺脚,不知道该怎么办,又不能狠心扔下这个老人和这个孩子。

这时,一个士兵,一个巴黎人,绰号叫"有办法"的,说:

"喂,伙伴们,咱们就抬着这位小姐走,不然,我们就不配是法国人,他娘的!"

说老实话,我也高兴得说起粗话了:

"他娘的,能这样,那就太好了,孩子们。我也算一个。"

在黑暗中可以影影绰绰看到左边有一个小树林。我派了几个人去那里。他们很快就带着一个用树枝扎成的担架回来。

"有办法"大声问:"谁愿把大衣借来用一下?这可是为了一个美丽的姑娘,弟兄们。"

十件大衣撂在他周围的地上。转眼间,年轻女孩就躺在暖暖和和的大衣堆里,六个肩膀把她抬了起来。我的位置在右前方;说真的,挑这个担子,我是心里甜滋滋。

我们又出发了,就好像喝了一口小酒,心情变得愉快了,走起来也有劲了。我甚至听见有人在说笑。你们瞧,只要有一个女人,就可以让法国人像通了电一样兴奋。

战士们几乎又重新排列整齐，个个打起精神，身体也仿佛暖和多了。一个上年纪的义勇军①走在担架后面，等着有人顶不住了，他就替班；他跟旁边的一个人说话，不过声音比较高，被我听到：

"我呢，我虽然不年轻了；不过，好家伙，只要有女人，我还是会从上到下热血沸腾！"

我们几乎马不停蹄地前进，连续行军到凌晨三点。接着，侦察兵突然又回来，整个小分队立刻卧倒在雪地里，在地上形成一个模糊的影子。

我低声下令，身后立刻响起子弹上膛的清脆的机械咔嚓声。

原来在远处，那片平原中间，有什么奇特的东西在动，像一头巨兽在奔跑，像一条巨蛇忽而伸长，忽而卷成球状，忽而向前，有时向右，有时向左，有时停下，然后又前进。

突然，这移动的形体走近了；我看到十二个普鲁士枪骑兵急匆匆地跑过来。他们走迷了路，正在找路。

他们离我们这么近，现在，我已经能清楚地听到他们的马的呼哧呼哧的喘声、兵器的磕碰声，以及马鞍的咯吱声。

我大喊一声：

"开火！"

----

① 义勇军：指普法战争期间志愿参战的法国非正规军士兵。

五十下枪响打破了夜的寂静;接着又连发了四五枪;然后又是谁单独打了一枪。燃烧的火药的迷雾消散以后,只见地上倒着十二个人和九匹马。另有三匹马狂奔而逃;其中一匹马,铁镫上箍着一只脚,拖着一个骑兵的尸体,没命地尥着蹶子。

我身后的一个战士放声大笑,另一个战士说:

"又添了几个寡妇!"

他想必是结了婚的。第三个战士接着说:

"而且没用多大工夫!"

姑娘从担架里伸出头来,问:

"发生了什么事? 打仗了?"

我回答:

"没什么大事,小姐,我们刚刚干掉了十二个普鲁士人。"

她小声说:

"可怜的人啊!"

因为冷,她又把头缩进军大衣下面。

部队又出发了。我们走了很久。终于,天色变白了。雪也变得明亮、灿烂、耀眼;一片粉红色在东方逐渐地扩展。

远处有人喊:

"什么人?"

整个小分队停下来,我走过去说明我们的身份。

我们到了法国军队的防线。

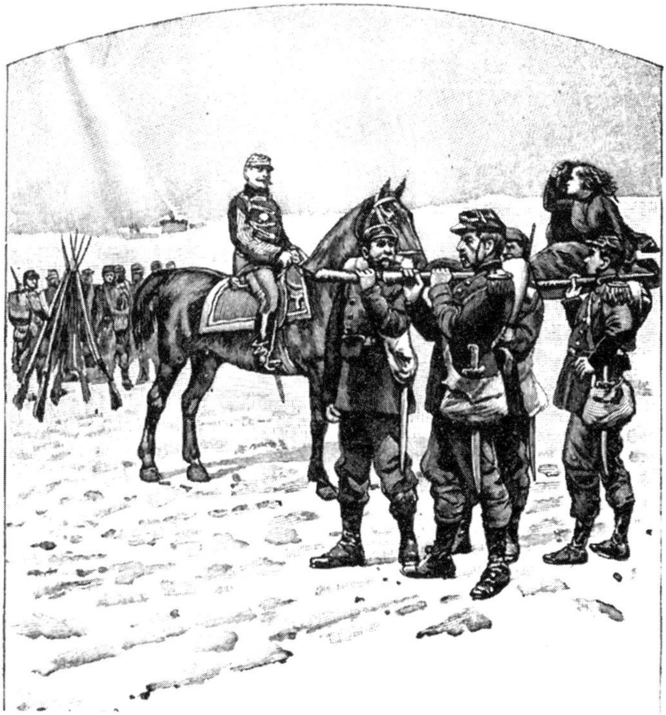

就在我的人在哨所前鱼贯而过的时候,刚才听我通报身份的那位骑马的指挥官看到担架,声音洪亮地问:

"这里面是什么?"

一个金黄色头发的小脑袋立刻露出来,头发有些乱,面带笑容地回答:

"是我,先生。"

士兵中发出一阵笑声,一股会心的欢乐流进他们的心田。

这时,走在担架旁的"有办法",挥舞着他的军帽,高呼:"法兰西万岁!"

不知为什么,我激动万分;我感到这一切既可爱又多情。

在我看来,我们不但刚刚拯救了祖国,而且做了一件别的男人也许不会做的事,一件简单而又真正是爱国的事。

这张娇小的面孔,你们看,我永远也不会忘记;如果有人让我对取消战鼓和军号发表见解,我会建议在每一支部队里用一个漂亮的姑娘取而代之。这一定比演奏《马赛曲》更能鼓舞军心。他娘的,在一个上校的身边,再加上这样一个圣女,一个鲜活的圣女,这会给战士们增添多少活力!

上校沉默了几秒钟,然后,一边摇晃着脑袋,一边深信无疑地说:

"不管怎么说,我们法国人,我们就是爱女人。"

二十九号病床[*]

埃皮旺上尉走在街上，所有的女人都会扭过头来打量他。他确实是个英俊的轻骑兵军官的典型。因此他也总爱显摆自己，经常招摇过市。他以自己的大腿、身腰和唇髭为骄傲，而且挺当回事儿。再说，他的唇髭、身腰和大腿也确实漂亮。第一桩，唇髭，是金黄色的，很丰满，像一个成熟麦穗颜色的软垫，但是很精巧，还十分讲究地卷起来，威武地垂在嘴唇上，然后像两条强筋的须毛的喷泉，从嘴的两边虚张声势地泻下。身腰细得就仿佛他穿着紧身褡，而腰的上边却是一副宽阔的阳刚男子又鼓又挺的健壮的胸脯。他的大腿美极了，那是体操运动员和舞蹈演员的大腿，穿着红色紧身呢裤，肌肉的每一个运动都清晰可见。

----

[*] 本篇首次发表于一八八四年七月八日的《吉尔·布拉斯报》，作者署名"莫弗里涅斯"；一八八六年收入普隆-弗拉玛里昂出版社出版的莫泊桑小说集《图瓦》；一九〇二年收入保尔·奥朗道尔夫出版社出版的插图版莫泊桑全集《羊脂球》卷。

他走起路来两腿伸直，两只脚、两条胳膊分开，迈着骑兵那有点摇摆的步伐。这种步伐很利于突出腿部和上半身，穿着军装颇有战胜者的气概；但若是穿常礼服，就无可称道了。

就像许多军官一样，埃皮旺上尉不适合穿便服。一穿上灰呢子或者黑呢子衣裳，他就啥也不是，只像个店伙计。可是，穿上军装，他就无往而不胜。何况他生有一副漂亮的脸蛋，细细的鹰钩鼻子，蓝眼睛，窄额头。只不过他的脑袋秃顶了，他始终不明白自己的头发怎么会脱掉。他常安慰自己：有了大唇髭，脑袋秃一点也无伤大雅。

笼统地说，他瞧不起所有人，不过瞧不起的程度分成许多等级。

首先，对他来说，一般市民根本就不存在。他看他们，就跟人们看动物一样，对他们并不比对麻雀或者母鸡更加在意。世界上只有军人重要，但他也并不是对所有军人都同样敬重。总的来说，他只敬重美男子，因为军人真正的、唯一的优点应该是仪表。一个士兵，就该是个男子汉，嗨！一个生下来就为了打仗和做爱的大男子汉，一个做事泼辣、性情刚烈、敢作敢为的男子汉，就是这样。他把法国军队的将军们也按身材、着装和面目可憎的程度分级。布尔巴基①在他看来是当代最伟大的军人了。

他经常嘲笑又矮又胖、走起路来气喘吁吁的步兵，但他尤

---

① 布尔巴基，夏尔-德尼（1816—1897）：法国军官。在非洲军团，特别是在克里米亚战役中以英勇作战而出名，后被任命为将军，先后效力于莱茵军团和东路军。

尤其对综合理工大学①出来的可怜的文弱书生,怀有一种近乎厌恶的难以抑制的轻蔑;这些戴眼镜、笨手笨脚、呆头呆脑的小瘦猴,用他的话说,如果他们适合穿军装,那么连兔子也适合做弥撒了。军队里居然容忍这些两腿细长、走路像螃蟹的发育不全的人,这让他愤慨不已,因为这些人不喝酒,吃的也少,比起爱漂亮姑娘,他们似乎更爱方程式。

埃皮旺上尉在追求女性方面,一向是马到成功,屡战屡捷。

每次和一个女人共进晚餐,他都自认为有把握最终两人在同一张床上度过良宵;即便因不可克服的障碍无法当晚取得胜利,他也肯定至少可以"明日再续"。同僚们都不喜欢让他遇见自己的情人;有漂亮妻子站柜台的店铺老板们,都了解他,怕他,对他恨得咬牙切齿。

每当他路过的时候,老板娘都会忍不住地隔着橱窗玻璃跟他交换一个眼色,那眼色比甜言蜜语还要顶用,它包含着一个呼唤和一个回答,一个欲求和一个认可。丈夫受到本能的警告,猛地回过头,向这军官胸脯挺得老高的骄傲的身影投去狂怒的一瞥。那军官微笑着,对自己取得的效果颇为得意。等他走过去,店老板一面气急败坏地用手掀翻摆放在面前的商品,一面慷慨激昂地说:

"纯粹是一只大火鸡。什么时候才能不再养活所有这些

---

① 综合理工大学:指巴黎综合理工学院,是创立于一七九四年的一所法国工程师大学,隶属于法国国防部。该校学生在庆典活动中可以穿特制的军服。

什么事也不会干,只会拖着铁玩意儿满街转悠的废物?要是我,我宁愿爱一个屠夫,也不爱一个当兵的。屠夫的围裙上即便有血,至少也是畜生的血,这种人总还有点用,他拿着的刀不是用来杀人。我不明白为什么会容忍这些公开的杀人犯带着凶器在散步场所闲逛。需要他们,这我清楚;但至少也要把他们藏起来,别用红裤子蓝褂子把他们打扮得像参加化装舞会。人们并没有把屠夫打扮成将军,是不是?"

妻子没有回答,只是难以觉察地耸了耸肩膀;丈夫看不见,却也猜着了这个动作,大嚷道:

"除非傻瓜才会去看这些坏蛋卖弄自己。"

然而,埃皮旺上尉的征服者的声誉在整个法国军队里已经确立。

一八六八年,他那个团,第一〇二轻骑兵团,移师驻防鲁昂。

他很快就在全城出了名。他每天下午五点钟左右都出现在伯耶尔蒂厄[①]林荫道,在喜剧院咖啡馆喝苦艾酒;但是,在进那家咖啡馆以前,他总刻意去散步场兜一圈,炫耀炫耀他的腿、腰身和唇髭。

同样在散步的鲁昂的商人们,手抄在背后,惦念着生意上的事,议论着行情的涨落,却也不禁看他一眼,低声说:

"哎呀!好一个美男子。"

[①] 伯耶尔蒂厄,弗朗索瓦-阿德里安(1775—1834):法国音乐家,鲁昂人。

后来他们认识他了,就会说:

"瞧,埃皮旺上尉!多漂亮的小伙子!"

女人们遇见他,脑袋会非常奇怪地微微一动,那是一种害羞的战栗,仿佛她们已经感觉到了自己在他面前是那么脆弱或者被脱光了衣服。她们微微低下头,嘴唇上含着一丝笑容,满心希望让他觉得自己可爱、博得他的一瞥。当他跟一个同事一起散步时,每当那同事又看见类似的扭捏作态的情景,总不免又是羡慕又是嫉妒地嘀咕:

"这该死的埃皮旺,真有女人缘!"

在本城的靠情夫供养的姑娘们中间,展开了一场角逐,一场竞争,看谁能首先把他搞到手。下午五点钟,军官们散步的时刻,她们全都来到伯耶尔蒂厄林荫道,两只手拽着长裙,两个两个的,从一头走到另一头;中尉、上尉和少校们,也是两个两个的,进咖啡馆以前,拽着军刀在人行道上漫步。

一个傍晚,美丽的伊尔玛,据说是工厂阔老板唐普里埃-帕蓬先生的情妇,让她的马车停在喜剧院咖啡馆对面,下了车,好像要去雕版师波拉尔先生那儿买信纸和订制名片,故意从军官们的桌子前面经过,向埃皮旺上尉抛了个媚眼,意思是说:"您乐意什么时候都行。"那表情是那么明目张胆,正在跟他的中校副官一起喝利口酒的普吕纳上校不禁啧怪道:

"这该死的猪崽子,真有女人缘!"

上校这句话马上被传开了;埃皮旺上尉得知长官这句赞词,十分兴奋,第二天就全身军礼服,在美人的窗下踱来踱去,接连走了好几遍。

她看见了他,便出现在窗口,对他笑眯眯的。

当晚,他就成了她的情夫。

他们招摇过市,出尽风头,结果坏了彼此的名声;他们俩却把这桩风流事引为骄傲。

全城的人都在谈论美丽的伊尔玛和军官偷情的事。只有唐普里埃-帕蓬先生一个人蒙在鼓里。

埃皮旺上尉荣耀至极;逢人就絮叨:

"伊尔玛刚才告诉我……","伊尔玛夜里对我说……","昨天,跟伊尔玛吃晚饭的时候……"

在一年多的时间里,他就像展示从敌人手里夺过来的军旗一样,满城里到处显摆、炫示、张扬他的这桩爱情。他感到自己因这次成功的征服而更显得高大,令人羡慕,对未来更有信心,对获得久已渴望的十字勋章也更有信心,因为大家都注目他,而一个人只要处在显眼位置就不会被人忘记。

然而战争①爆发了,上尉所在的部队是最早被派往前线的部队之一。令人悲伤的告别持续了一整夜。

军刀、红军裤、军帽、有肋条盘花纽的短上衣,从椅子背上掉落到地上;连衣裙、裙子、丝袜也滑了下来,散落满地,在地毯上和军装掺合在一起,房间就像打了一场大仗一样乱七八糟。伊尔玛像疯子似的,头发散开,猛然伸出双臂绝望地搂住军官的脖子,紧紧搂住,然后松开他,在地上打滚,撞翻了家

---

① 战争:此处指一八七〇至一八七一年的普法战争。

具,揪下了扶手椅的穗子,还咬椅子腿;上尉呢,非常感动,但是苦于不善于劝慰,只会重复着:

"伊尔玛,我的小伊尔玛,没什么可说的,这是必需的。"

他有时用手指尖擦着眼角正在滚动的泪珠。

他们天亮时分手。她乘马车一直把情夫送到第一站。分别的那一刻,她几乎当着全团的面拥吻他。人们甚至觉得这很亲切,很庄严,很好,同事们握着上尉的手,对他说:

"你真走运;这个小女孩,心肠还真好。"

人们还的确从中看出了某种爱国主义的东西。

这个团在战场上受到了严峻的考验。上尉表现得很英勇,终于获得了十字勋章;后来,战争结束了,他又来到鲁昂驻防。

他一回来就打听伊尔玛的消息,但是没有人能向他提供准确的信息。

一些人说,她曾跟普鲁士军队参谋部的人吃喝玩乐。

又有一些人说,她回到父母家去了,他们是依弗托附近的农民。

他甚至派自己的副官去市政府查过死亡登记册。上面没有他情妇的名字。

他十分悲伤,而且逢人便说。他甚至把自己的不幸算在敌人的头上,把年轻女人的失踪归咎于占领过鲁昂的普鲁士人,并且声称:

"这些恶棍,下一次战争,我要他们还债。"

然而,一天上午,他正要走进军官食堂吃午饭的时候,一个专门跑腿送信的人,一个穿罩衫、戴油布鸭舌帽的老人,交给他一封信,他马上拆开,读起来:

我亲爱的:

  我在医院,病得很重,很重。你不来看我吗?我会感到非常愉快!

伊尔玛

上尉的脸色顿时变得苍白,怜悯让他心情激动,他说:

"真见鬼,可怜的姑娘!我吃完午饭就去。"

在军官们的饭桌上,他从头至尾都在讲伊尔玛的事:伊尔玛住院了;不过他今天马上就去把她接出来。这一定是那些该死的普鲁士人的过错。她想必孤单一人,一个苏①也没有了,苦得活不下去了,因为她的家当一定都被抢光了。

"啊!这些卑鄙的家伙!"

听到他的话,大家都很愤慨。

他刚把餐巾卷起来,套进小木环②,就站起身,从衣帽架上取下军刀,挺起胸,系好皮带,好让身条显得更细些,然后就大步地向市民医院走去。

他以为可以立刻进入医院的住院部,谁知却遭到了严厉的拒绝;他甚至不得不去找上校,向他说明情况,请上校给院长写了一封介绍信。

---

① 苏:法国旧时辅币,五生丁等于一个苏,二十苏等于一法郎。
② 表示用餐完毕。

院长让英俊的上尉在候见室等了好一会儿,才冷冷地、不以为然地跟他点了个头,允许他去探视。

一进大门,他就感到这贫困、痛苦和死亡的收容所里的气氛让人很不自在。一个值班的杂役为他领路。

长长的走廊里弥漫着霉变、疾病和药品的气味。只是偶尔有一声低语扰乱医院的沉寂。为了不发出声响,他踮着脚尖向前走。

有时,通过一扇打开的门,上尉瞥见一间病房,里面摆着一排病床,被毯鼓起一个个人体的形状。一些康复中的女病人,穿着清一色的灰布白大褂,戴着白软帽,坐在床脚的椅子上做针线。

给他带路的人突然在一间满是病人的病房前停下。门上用大字写着:"梅毒病房"。上尉不禁打了个寒战;接着感到自己脸都红了。一个女护士正在入口旁的一张小桌子上准备药品。

"我领您去,"她说,"是二十九号床。"

于是她走在前面为上尉领路。

接着她指着一张小床说:

"这儿。"

除了鼓起的一摊被子,什么也看不见。连头也蒙在被毯子下面。

四面八方的床上,竖起一张张脸,看到军装感到惊讶的苍白的脸;这些女人的脸,有年轻女人的,也有年老女人的;不过她们穿着统一的寒酸的短上衣,看上去个个都很丑陋,都很粗俗。

上尉心慌意乱，一只手握着军刀，另一只手拿着军帽，小声呼唤：

"伊尔玛。"

床上猛地动了一下，他的情妇的脸露了出来，可是那张脸变化那么大，那么疲惫，那么瘦削，他简直认不出她来了。

她激动得快要窒息了，喘着气，断断续续地说：

"阿尔贝！……阿尔贝！……是你呀！……啊！……真的是……真的是……"

泪水从她眼里流了出来。

女护士端来一把椅子。

"先生，请坐。"

他坐下，看着那张苍白的脸。他离开时，这姑娘的脸是那么红润，那么鲜艳，现在却是这样丑陋不堪。

他问：

"你得了什么病？"

她一边哭一边回答：

"写在门上，你都看见了。"

她用被角蒙住眼睛。

他十分惊恐，不好意思地问：

"我可怜的姑娘，你是怎么染上这个的？"

她喃喃地说：

"都是那些普鲁士坏蛋。他们几乎是用暴力糟蹋了我，把病毒传给了我。"

他再也没有什么话可说。他看着她,一个劲地转动着放在腿上的军帽。

其余的病人都打量着他。在这住满了染上这种可耻而又可怕的病的女病人的房间里,他相信闻到了一股腐烂的气味,一股肉体腐败和行为丑恶的气味。

她喃喃地接着说:

"我看我好不了啦。医生说病得很重。"

这时,她发现了军官胸前的十字勋章,大呼:

"啊!你获得勋章了,我真高兴!我真高兴!啊!我要是能吻吻你多好!"

一想到这个吻,他又是恐惧,又是厌恶,浑身一阵战栗。

他真想现在就走,去呼吸一口新鲜空气,再也不见这个女人。然而他还是留下了,因为他不知道该怎么站起来,怎么跟她道别。他只好结结巴巴地说:

"这么说,你没有治过病。"

伊尔玛的眼睛里闪过一道火光:"没有,我是想报仇,哪怕我自己会死在这个病上!我也要把病毒传给他们所有的人,所有的人,尽我所能,传得越多越好。只要他们待在鲁昂,我就不治病。"

他尴尬里透着一点高兴地表示:

"这个嘛,你做得对。"

她激动得两颊都红了,说:

"当然啰,只要有不止一个人被我毒死,就够本了。我向你保证,我已经报了仇。"

他又表示：

"好极了。"

然后他就站起身：

"好啦，我要离开你了，我得在四点钟赶到上校家去。"

她大为惊讶：

"这么快！你这么快就要离开我！啊！你刚刚才到呢！……"

但是他无论如何也要走。他说：

"你看得很清楚，我是马上就来的；可是我四点钟绝对要赶到上校家。"

她问：

"还是普吕纳上校吗？"

"还是他。他受了两次伤。"

她接着问：

"你的同事中有死的吗？"

"有，圣迪蒙、萨瓦纳、波利、萨普尔瓦、罗贝尔、德·库尔松、帕萨菲尔、桑塔尔、卡拉旺和普瓦弗兰都死了。萨艾尔被炸掉了一条胳膊，库弗瓦森断了一条腿，帕凯失去了一只右眼。"

她非常关心地听着。然后，突然吞吞吐吐地说：

"离开我以前，你愿意吻我一下吗？说呀；朗格鲁瓦太太不在这儿。"

尽管他的反感都快要升到嘴边了，他还是把嘴唇在她那苍白的脑门上贴了一下，她连忙用两只胳膊搂住他，疯狂地吻

★ 184

他的蓝呢子军上衣。

她接着说：

"你会再来，说呀，你会再来。答应我，你会再来。"

"是的，我答应你。"

"什么时候，星期四行吗？"

"好，星期四。"

"星期四，两点钟。"

"好，星期四两点。"

"你答应我了？"

"我答应你了。"

"再见，我亲爱的。"

"再见。"

在病房众多的目光下，为了不引起注意，他弯着高大的身躯，神色尴尬地走了；走到大街上，他才深深呼了一口气。

晚上，同事们问他：

"喂！伊尔玛怎么样？"

他语调窘迫地回答：

"她患了肺部炎症，病情很严重。"

但是一个小个子中尉从他的神情中觉察出点什么，于是去打听情况；第二天，上尉走进食堂的时候，迎接他的是一阵讪笑和嘲弄。他们终于出了一口气。

另外，他们还听说伊尔玛曾经跟普鲁士军队参谋部的人疯狂地吃喝玩乐；跟一个蓝色轻骑兵上校，还有其他一些军官,到处骑马兜风;在鲁昂,人们已经不叫她别的,只叫她"普鲁士人的女人"。

在一个星期的时间里,上尉成了全团人取笑的对象。他收到通过邮局寄来的专科医生的敏感处方和病情说明,甚至还有一些包装上注明用途的药品。

上校听说了这件事,严肃地说:

"好呀,上尉可算交了一个漂亮的相好。我要去恭喜他。"

十二天以后,伊尔玛又来了一封信叫他去。他愤怒地把信撕掉,也不回答。

一个星期以后,她又写信来,说她病情十分严重,她希望跟他告别。

他没有理她。

又过了几天,他接待了来访的医院的指导神父。

伊尔玛·帕沃兰姑娘在临终前求他去一趟。

他不敢不跟神父去,但是他走进医院时怀着满腔的怨恨,仿佛虚荣心受到了伤害,自尊心受到了屈辱。

他发现她并没有多大变化,心想她一定是欺骗了他。

他说:"你找我来做什么?"

"我要跟你告别,看来我就要死了。"

他不相信她的话。

"你听着,你让我成了全团的笑柄,我再也不希望这样继续下去。"

她问:

"我,我做了什么对不起你的事了?"

他无言以对,更加恼火。

"反正你别打算我再到这里来,让大家都耻笑我!"

她看着他,正在熄灭的目光里又燃起一股愤怒的火焰,她重复道:

"我,我做了什么对不起你的事了?你说说看,我过去对你不够温柔吗?难道我向你要过什么东西吗?要是没有你,我会仍旧跟着唐普里埃-帕蓬先生,今天也不会在这儿了。不,你很清楚,即使有人对我有什么责怪,也决不应该是你。"

他激动地说:

"我不是责怪你,但是我不能继续来看你了,因为你跟普鲁士人的所作所为已经是全城的耻辱。"

她霍地在床上坐起来:

"我跟普鲁士人的所作所为?但是我已经告诉你,是他们强占了我;我已经告诉你,我所以不治病,是因为我想把病毒传给他们。如果我想把病治好,当然,这并不困难!但是我,我想杀了他们,而且我确实杀了,够本了!"

他仍然站着:

"无论如何,这都是可耻的。"他说。

她激动得有一会儿喘不过气来,然后说:

"什么是可耻?你说,为了消灭敌人不惜一死,这可耻吗?你当初来贞德街我家的时候,可不是这样说话?啊!真可耻!别看你戴着十字勋章,你也未必能这样干!我比你更配戴这个勋章,你很清楚,比你更配!我杀的普鲁士人,比你多!"

他面对着她愣住了,气愤得直打哆嗦:

"啊!住口……你要知道……住口……因为……这些事情……我不允许……去谈它们……"

可是她根本不听他的:

"你也许说,你们给了普鲁士人很大的打击!你说说看,如果你们阻挡住普鲁士人,让他们到不了鲁昂,这种事还会发生吗?你们本应该阻挡住他们,听见没有!我给他们造成的伤害比你大,我,是的,比你大,既然我就要死了;而你,你还在闲逛,神气活现地去勾引女人……"

每一张床上都有一个脑袋竖起来,所有的眼睛都看着这个穿军装的人,只听他结结巴巴地说:

"住口……你要知道……住口……"

但是她并不住口。她大喊着:

"啊!是的,你是个很会装腔作势的人。我现在认识你了,行。我算认识你了。我只是要对你说,我,我给他们造成的伤害比你大,我比你们那个团加起来杀的人还多……快滚吧……胆小鬼!"

他果然走了,撒开他的两条长腿,穿过两排骚动着的梅毒女病人的床向外逃。他仍然听得见伊尔玛那气喘吁吁的声音,像吹着哨子似的追赶着他:

"比你多,是的,我杀的人比你多,比你多……"

他急忙冲下楼梯,跑回家去把自己关起来。

第二天,他听说她已经死了。

俘　虏[*]

森林里没有任何声响，只有雪落在树上的轻微颤动。它从中午起就下个不停，纤细的小雪在树枝上洒下冰冷的泡沫，在灌木的枯叶上布下轻盈的银色顶棚，沿着道路铺下巨大而又柔软的白色地毯，让这无边林海的静谧显得更加深沉。

护林人的家门前，一个年轻女子，袖子挽得高高的，正在一块石头上用斧头劈木柴。她高个儿，精瘦又健壮，是个真正的森林的女儿，父亲和丈夫都是护林人。

一个声音从屋里喊道：

"今天晚上，只有我们俩，贝尔蒂娜，快进屋吧，天黑了，说不定普鲁士人，还有狼，就在周围转悠呢。"

劈木柴的女子在用力劈一块树根，每劈一次，上身一挺，

---

[*] 本篇首次发表于一八八四年十二月三十日的《吉尔·布拉斯报》；一八八五年收入夏尔·马普隆-埃尔奈斯特·弗拉玛里庸出版社出版的莫泊桑小说集《图瓦》；一九〇三年收入保尔·奥朗道尔夫出版社出版的插图版莫泊桑全集《图瓦》卷。

双臂抡起。她一边劈着一边回答:

"我这就劈完,妈妈。我来了,我来了,用不着害怕;天还没太黑呢。"

说完,她把细柴和劈柴搬进屋,码放在壁炉边,又出去把橡木心做的硕大护窗板一扇一扇关好,最后回到屋里,把沉重的门闩推上。

母亲在炉边纺线。那是个满脸皱纹的老婆婆,人上了年纪,胆子也变小了。她说:

"我可不喜欢你爸爸到外面去。两个女人,人单力薄。"

年轻女子回答:

"啊!我能打死一只狼,也完全能打死一个普鲁士人。"

她用眼瞟了一下挂在炉膛上方的一把笨重的手枪。

普鲁士军队刚入侵,她的男人就入了伍,只留下两个妇女和老爸,老护林人尼古拉·皮松,绰号"长腿鹬";老汉执拗地拒绝离开这座老屋回城里去住。

离这里最近的城市是勒泰尔①,一个兀立在一片巨岩上的古老要塞。那里的人向来爱国,市民们决心抗击入侵者,按照本城的传统,闭关据守,抵抗敌人的围攻。在亨利四世和路易十四时代,勒泰尔的居民曾因两度英勇自卫而享有盛誉②。啊!这次他们也要照老样办,否则敌人就会把他们烧死在城

---

① 勒泰尔:法国东北部阿登省一个地区的首府,历史上曾经历多次战争。
② 勒泰尔城历史上确曾有过两次英勇的保卫战,不过一次是在一六一七年路易十三统治下,而非亨利四世时代;而另一次在一六五〇至一六五五年之间,当时路易十四已经登基,但因年幼尚未亲政。

圈里。

于是，他们买了枪炮，装备起一支民兵，按营、连编制起来，整天在练兵广场演习。面包店老板，食品杂货店老板、肉店老板、公证人、诉讼代理人、木匠、书商，连药房老板在内，所有人都按时按点，轮流在拉维涅先生的号令下操练。拉维涅先生从前是龙骑兵士官，现在开服饰用品店；他娶了拉沃丹家族长房的女儿，继承了这个店。

他弄了个要塞司令的头衔；年轻人都去参军了，他就把剩下的人组织起来训练，准备抵抗。胖子们走在街上全都一路小跑，为的是融化掉身上的脂肪，延长自己的呼吸；没力气的人都练习负重，以强壮自己的肌肉。

他们就这样等着普鲁士人。但是普鲁士人却不露面。不过他们并不远；因为他们的侦察兵已经两次穿过森林，一直推进到绰号"长腿鹬"的护林人尼古拉·皮松家。

老护林人像狐狸一样迅速跑到城里去报告。人们已经把大炮都瞄准了，可敌人并没有出现。

"长腿鹬"的住处成了设在阿维利纳森林的前沿哨所。老汉每星期两次到城里购买食品，同时给城里的人带去乡间的消息。

他这天去城里是为了报告:前一天下午两点钟光景,有一支德军小分队曾在他家里停留,后来几乎立刻又离去;带队的那个士官能说法语。

老汉每次像这样出去,都要带上他的两条狗,两条长着狮子嘴的高大的狗,因为怕碰见狼,狼在这季节开始变得越来越凶恶;他嘱咐留下的两个妇女:天一黑就关好门待在屋里。

年轻的女人什么都不怕,但是老婆婆却一直在发抖,反复地说:

"一定要出事,你瞧吧,一定要出事。"

这天晚上,她比往常更加忐忑不安。

"你知道你爸爸几点钟回来吗?"她问。

"噢!十一点以前肯定回不来。每次他在司令家吃晚饭,都很晚才回来。"

她把锅悬在火上,正要做浓汤,忽然停住不动了;她听见壁炉烟囱里传来模模糊糊的声响。

她低声说:

"林子里有人走动,至少有七八个人。"

母亲吓得目瞪口呆,纺车也停下了,结结巴巴地说:

"啊!我的天呀!你爸爸又不在家!"

她话还没有说完,门就被人猛烈敲打得颤动起来。

两个女人没有出声,一个喉音很重、很响亮的声音大喊:

"怪(快)开门!"

沉静了一会儿以后,同一个声音又喊:

"怪(快)开门,不然我就扎(砸)门了!"

贝尔蒂娜把壁炉上面挂着的那把大手枪揣在裙子的口袋里,然后走过去把耳朵贴在门上,问:

"您是谁?"

那个声音回答:

"沃(我)就是那天来锅(过)的那个小分退(队)。"

年轻女人又问:

"你们要做什么?"

"沃(我)跟沃(我)的小分退(队),从今天草(早)上就在树林里米(迷)路了。怪(快)开门,不然我就扎(砸)门了。"

年轻女人没有办法,只好滑动门闩,拉开那扇笨重的门。在白雪映衬的灰暗的夜色中,她看见六个人,六个普鲁士士兵,正是昨天来过的那几个人。她语气坚定地问:

"你们这个时候来要做什么?"

那个士官重复道:

"沃(我)米(迷)路了,完全米(迷)路了,沃(我)认出了这个房子。我从草(早)上起什么都没有吃,沃(我)的小分退(队)也一样。"

贝尔蒂娜表示:

"可是,今天晚上,只有我和妈妈在家。"

那当兵的,看来像是个老实人,回答:

"没有关细(系)。沃(我)不会赏(伤)害你,但是你要给沃(我)们吃的。沃(我)们快要饿死、雷(累)死了。"

193

年轻女人往后退了一步。

"进来吧。"她说。

他们走进屋来,浑身是雪,头盔上盖着一层奶油泡沫似的东西,看上去他们活像奶油糕点,而且他们看来都筋疲力尽,狼狈不堪。

年轻女人指了指大桌子两边的木头长凳:

"坐下吧,"她说,"我这就给你们煮浓汤。看样子你们真是累垮了。"

说罢她又把门闩上。

她先往锅里加水,又放进些黄油和土豆,然后把挂在壁炉里的一块肥肉摘下来,切下一半丢进汤里。

六个大汉眼里冒着饥饿的火星,注视着她的每一个动作。他们已经把枪和钢盔放在一个角落里,像坐在学校课椅上的孩子一样乖乖地等候着。

母亲又纺起线来,不时地用惊慌的目光看一眼这些入侵的敌兵。听不到任何其他的声音,只有纺车轻微的嗡嗡声、柴火的毕剥声和烧热的水的吱吱声。

可是突然一个奇怪的声响把所有的人都吓得打了个哆嗦。像是门底下传进来的一种嘶哑的喘息声,一种野兽的有力而又呼哧呼哧的喘息声。

德国士官一步就跨到了放枪支的地方。年轻女人做了个手势拦住他,微微一笑,说:

"是狼。它们像你们一样,到处转悠,现在饿了。"

士官不相信,要亲眼看看;刚打开一扇门,就看见两只硕

大的灰狼迅疾逃窜。他回来重新坐下,一边嘀咕着:

"要不是青(亲)眼看见,沃(我)还真不相信。"

现在他只一心等他的汤煮好了。

他们狼吞虎咽地吃起来;为了能多吞一些,把嘴一直裂到耳根,圆眼睛和下巴都同时张得大大的,喉咙里发出像檐槽流水一样的咕噜声。

两个女人默不作声,看着他们的红色大胡子迅速动作;土豆就好像陷进这些活动的浓密毛丛。

他们渴了,年轻女人到地窖里去给他们取苹果酒。她在那儿待了好一会儿。那是一个拱顶的小酒窖,据说在大革命时期曾被用作监狱,也当过避难所。下酒窖要走一道狭窄的螺旋式楼梯;出口在厨房尽头,是一块翻板活门。

贝尔蒂娜从酒窖上来的时候面带笑容,她在独自暗笑,那是诡秘的笑。她把拿上来的那一罐酒交给了德国人。然后,她跟母亲也在厨房另一头吃起饭来。

大兵们吃完了,六个人全都围着桌子打起瞌睡。不时地有一个人的脑门栽在桌面上,嘣的一声;突然醒过来,又挺直了身子。

贝尔蒂娜对士官说:

"你们就在壁炉前面睡吧,那地方足够六个人睡。我跟妈妈上楼去我的房间睡觉了。"

两个女人上楼了。只听见她们锁上了门,走动了一会儿,然后就再也没有任何声响。

普鲁士人在石板地上躺下,脚朝着炉火,把大衣卷起来当枕头，很快就都鼾声大作。六个人六个不同的声调，有的尖锐，有的洪亮，不过都连续不断，都很吓人。

他们肯定已经睡了很久，忽然传来一声枪响，响得简直就像对着这座房子的墙开的一枪。士兵们一骨碌爬起来。这时又响了第二枪，接着又是第三枪。

楼上的门突然打开，年轻女人走出来；她光着脚，穿着内衣、衬裙，手里举着一支蜡烛，神色惊慌。她结结巴巴地说：

"法国军队来啦，至少有两百人。他们要是发现你们在这儿，会放火把房子烧掉。你们赶快下地窖去，别弄出响声。如果你们弄出响声，我们就完了。"

士官不知所措，喃喃地说：

"沃（我）愿意，沃（我）愿意。从纳（哪）里下去？"

年轻女人连忙掀开窄小的四方形翻板活门。六个人顺着螺旋式小楼梯，一个接着一个，倒退着，用脚探着阶梯，下到地窖里，消失了。

但是,最后一顶钢盔的尖儿刚刚不见,贝尔蒂娜就放下了沉重的橡木翻板。那块翻板有墙那么厚,钢那么硬,用几个铰链和一把锁固定住。她用钥匙在锁眼里转了两大圈,然后就笑起来,不出声然而欣喜若狂地笑起来,恨不得在俘虏们的头顶上跳舞。

他们果然没有弄出任何声响。他们关在地窖里,就像关在一个坚固的匣子里,关在一个石头匣子里,只能呼吸到从装着铁栅的气窗透进来的一点空气。

贝尔蒂娜立刻把炉火燃旺,把锅架在火上,又煮起浓汤来,一边喃喃地说:

"今天夜里,老爸可要累坏了。"

然后,她就坐下,等着。只有挂钟的钟摆在寂静中悠闲地发着有规律的嘀嗒声。

年轻女人不时望一眼挂钟,焦急的目光像是在说:

"走得不快哟。"

不过她很快就听见脚底下似乎有人在喃喃低语。很低、很模糊的说话声,透过酒窖的拱顶传到她耳朵里。普鲁士人开始猜到了她的计谋,士官很快就走上小楼梯,用拳头捶打活门,又喊道:

"怪(快)打开!"

她站起来,走到跟前,模仿他的声音:

"你要甘(干)什么?"

"怪(快)打开!"

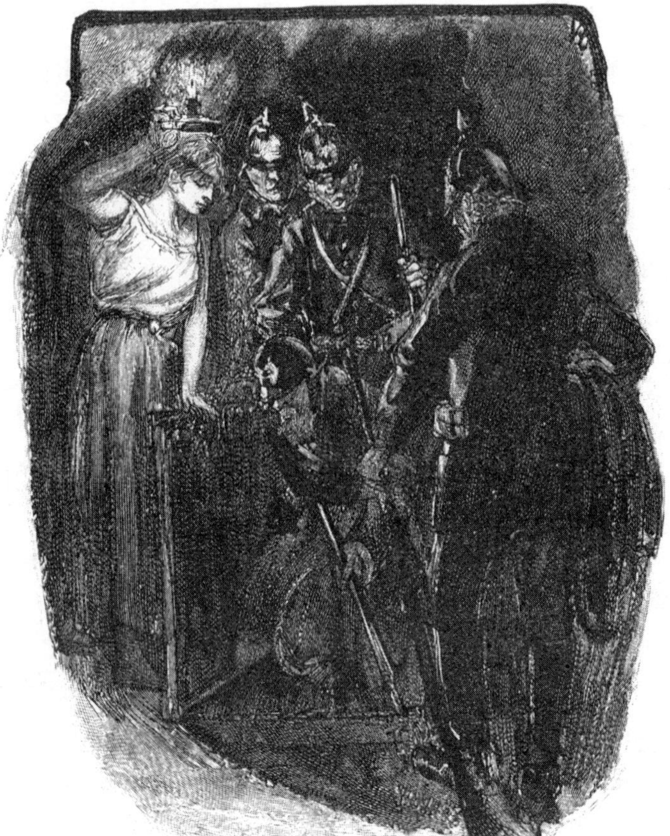

"沃（我）不开。"

那个人发火了。

"怪（快）开门，不然沃（我）就扎（砸）门了！"

她哈哈大笑：

"砸呀，大笨蛋，砸呀，大笨蛋。"

他开始用枪托子砸头顶上的橡木盖板。但是那盖板，就是用攻城拔寨的投石器来砸，它也抗得住。

年轻女人听见他又走下楼梯。接着，士兵们一起上阵，一个接一个地试验他们的力气，查看这块盖板的机关。但是，他们大概认识到他们的尝试都是白费力气，所以全都下到酒窖里去，又开始说起话来。

年轻女人听了一会儿他们说话，然后就去打开大门，在黑夜里竖起耳朵仔细听。

她听到远处传来一阵狗吠，便像猎人一样吹起口哨。黑暗中几乎立刻蹿出两条大狗，欢蹦乱跳地向她扑过来。她拢住它们的脖子，按住它们，不让它们再跑。然后，她使出全身的力气大喊：

"喂，爸爸！"

一个声音回答，不过人还在远处：

"喂，贝尔蒂娜！"

她等了几秒钟，又喊道：

"喂，爸爸！"

那个声音近了些，重复道：

"喂，贝尔蒂娜！"

女儿又说：

"别从气窗前面走,地窖里有普鲁士人。"

左边出现一个男人的魁梧身影,听了这句话,突然在两棵树之间停下。他焦急地问：

"地窖里有普鲁士人？他们在那儿干什么？"

年轻女人扑哧笑了：

"还是昨天那伙人。他们在林子里迷路了,我把他们全都圈进地窖了。"

接着她就把怎样开枪吓唬他们,把他们关进地窖的冒险过程叙述了一番。

老人却依旧严肃地问：

"这么晚了,你要我怎么办？"

她回答：

"快去请拉维涅先生带他的人马来。让他把他们俘虏了。他一定会高兴。"

皮松老爹微笑了：

"这倒是真的,他一定会高兴。"

女儿接着说：

"浓汤已经给你煮好了,快吃吧,吃了再走。"

老护林人在饭桌旁坐下,先盛了两满盘浓汤放在地上喂狗,然后自己才吃起来。

普鲁士人听见有人说话,沉默了。

一刻钟以后,"长腿鹬"又出发了。贝尔蒂娜两手托着脑袋,等待着。

俘虏们又开始骚动。他们现在狂叫,呼喊,疯狂地用枪托不停地敲打岿然不动的活门。

然后他们又从气窗里往外打起枪来,大概是希望有支德军小分队经过附近,能听见他们的枪声。

年轻女人不再走动;但是这些响声让她心烦意躁,十分恼火。她恨得咬牙切齿,真想杀了这帮无赖,让他们闭嘴。

她越来越焦虑不安。她频频望着挂钟,一分钟一分钟地计算着。

父亲走了已经一个半钟头了。他现在该到城里了。她就好像看得见他似的。他在向拉维涅先生讲述发生的事。拉维涅先生激动得脸都发白了,马上摇响了铃,让女仆送来他的军服和武器。她仿佛听见鼓手满街奔跑。家家户户的窗口伸出惊愕的面孔。民兵们跑出各自的家门,衣服还没穿整齐,气喘吁吁,一边扣着腰带,一路小跑着向司令的住宅奔去。

接着,由"长腿鹬"打头,大队人马出发了。他们不顾夜黑,冒着雪向树林进发。

她又看看挂钟:"再过一个钟头,他们就能到了。"

她心里烦躁不安。她感到每一分钟都好像没有尽头。时间过得真慢!

终于,挂钟的指针指向了她预计他们会到达的时间。

她又打开门,听听他们来了没有。她看见一个人影正小心谨慎地走过来。她吓了一跳,惊呼一声。原来是她的父亲。

他说:

"他们派我来看看是不是有什么变化。"

"没有,什么变化也没有。"

于是,他向黑夜里吹了一声又尖又长的口哨。很快,就看见一堆褐色的东西在树林下慢慢向这边移动:那是由十人组成的先头部队。

"长腿鹬"不住声地重复着:

"别从气窗跟前过。"

走在前边的,就指着那个可怕的气窗让跟在后面的注意。

部队主力终于出现了,一共有两百人,每人带着两百发子弹。

拉维涅先生激动得直打哆嗦。他部署兵力,对房子形成包围,只在那个贴地面的地窖通气的小洞前面留出一片空白地带。

然后,他走进屋,询问敌人的实力和现状。敌人变得无声无息,简直让人以为他们不见了,散发了,从气窗飞走了。

拉维涅先生用脚跺着盖板,喊道:

"普鲁士军官先生!"

德国人没有回答。

司令又喊道:

"普鲁士军官先生!"

没用。他对这位一声不吭的军官足足喊了二十分钟,奉劝他带着武器和行囊投降,向他保证他和他的士兵们的生命安全,他们的军人的荣誉会得到尊重。但是,赞同也好,反对也罢,他没有得到任何表示。情况变得有些难办。

民兵们像马车夫取暖那样,在雪地里跺着脚,抡臂使劲拍打着肩膀;他们看着那个气窗,想从它前面过一过的幼稚的愿望越来越强烈。

终于,他们当中一个叫波德万的,出来放胆一试了。他很灵活,鼓起劲,像一头雄鹿一样跑了过去。尝试成功了。俘虏们就好像都死了似的。

一个人喊道:

"里面一个人也没有。"

又有一个民兵穿过那危险的洞口前的空白地带。这简直成了一种游戏。跟孩子们玩抢位子的游戏一样,一会儿就有一个人从这一队跑到另一队,飞跑的脚把身后的雪溅得老高。为了取暖,人们用枯木燃起了几堆篝火,民兵战士在左面营地和右面营地之间迅速奔跑的身影被火光照得闪亮。

一个人喊:

"马鲁瓦松,该你啦!"

马鲁瓦松是个肥胖的面包店老板,大肚便便,经常遭到伙伴们的取笑。

他犹豫不前,大家就笑话他。他于是下定决心,迈着正规的小跑步,气喘吁吁地出发了。他每跑一步,大肚子就摇晃一下。

伙伴们都笑出了眼泪。还有人一边笑一边鼓励他:

"加油,加油,马鲁瓦松!"

不料他刚跑了将近全程的三分之二,从气窗里喷出一道长长的、迅疾的红色火光。随着一声枪响,肥胖的面包店老板惨叫一声,扑倒在地上。

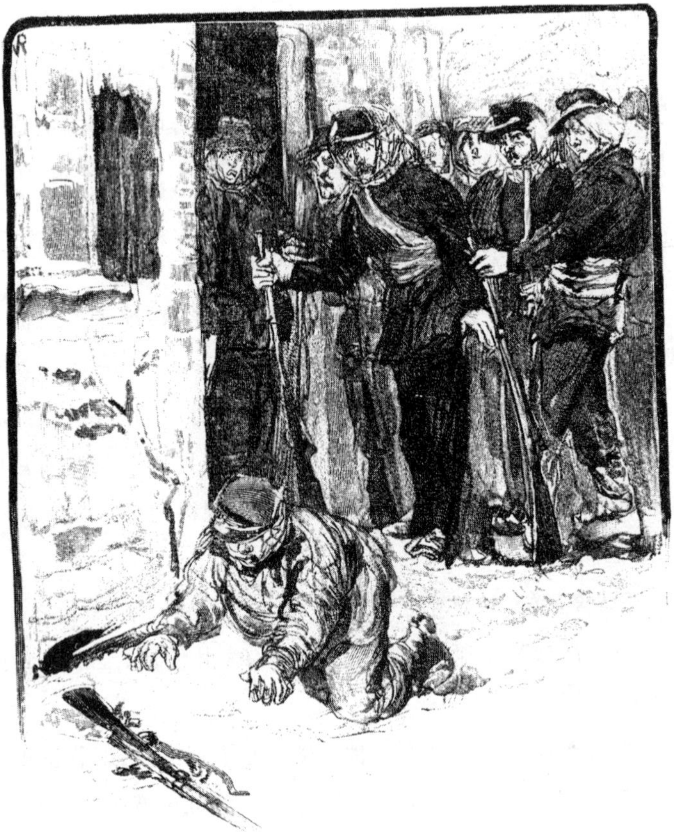

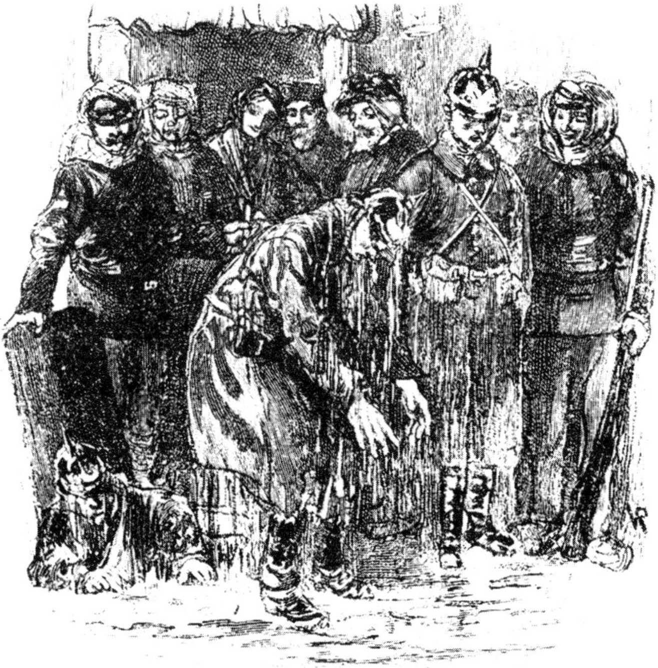

没有一个人冲过去救他。人们看着他呻吟着在雪地里爬;刚爬出那危险的地段,就晕了过去。

他的大腿根肉多的地方中了一颗子弹。

起初大家还真有些惊慌和恐惧,不过很快又笑声四起。

这时,拉维涅司令从守林人的屋里走出来。他刚刚制定好了进攻计划。他用洪亮的声音命令:

"白铁铺老板普朗舒和他的工人!"

三个人走到他面前。

"把房子的檐槽拆下来!"

一刻钟以后,他们就给司令送来二十米长的檐槽。

司令让人非常小心翼翼地在地窖活门的边上凿一个小圆洞,把唧筒的水管子插进这个洞里,然后得意扬扬地宣布:

"我们这就给德国先生们献上点儿喝的。"

顿时爆发出一片强烈的叫好声,紧接着是一阵欢乐的呐喊和疯狂的大笑。司令又编了几个小组,五分钟一拨轮流工作。准备就绪,他便下令:

"灌水!"

唧筒的铁手轮转动起来,轻轻的水的流动声沿水管向下;然后,一个阶梯一个阶梯地,像金鱼池假山上的小瀑布一样潺潺而下,水很快就流到地窖里。

大伙儿耐心等待着。

一个小时过去了,两个小时、三个小时过去了。

司令兴奋不已。在厨房里走来走去,时而把耳朵贴在地上,试图猜出敌人在做什么,思考着他们会不会很快就投降。

敌人现在骚动起来了。听得见他们在挪动酒桶,说话,蹚得水哗哗响。

后来,将近早上八点钟的光景,从气窗里传出一个声音:

"沃(我)希望和法国俊(军)官先生说话。"

拉维涅在窗口回答,不过并没有把头太往前伸:

"你投降吗?"

"沃(我)投降。"

"那么,把枪扔出来。"

只见一支步枪很快就从窗洞里递出来,紧接着,第二支,第三支,所有的枪都递了出来。同一个声音宣布:

"沃(我)没有抢(枪)了。你们甘(赶)快吧。沃(我)快要淹死了。"

司令下令:

"停止。"

唧筒的手轮停止转动。

司令先在厨房布满了兵,他们个个持枪立正,严阵以待;然后他才慢慢地掀起橡木盖板。

四个湿淋淋的脑袋,四个金黄色长发、脸色惨白的脑袋露出来。六个德国人,一个接着一个爬上来,全都湿漉漉的,浑身哆嗦着,惶惶不安。

他们立刻被抓住,捆绑起来。然后部队就出发回城。为了防止发生意外,他们分成两队,一队押解俘虏,另一队护送马鲁瓦松,他躺在一副用床垫和杆子做的担架上。

他们耀武扬威地回到勒泰尔。

拉维涅先生由于俘虏了普鲁士军队的一支先遣队而荣获勋章,而面包店胖老板由于在敌前受伤获得了军功奖章。

小 兵[*]

每个星期日,只要可以自由活动,两个小兵就出发了。

他们走出营房,向右拐,就好像在做一次急行军,大步流星地穿过库尔波瓦①;然后,一离开居民区,他们就稍稍放慢脚步,沿着尘土飞扬的大路向波宗②走去。

他们的身材都很瘦小,军大衣太肥太长,袖子盖住了手,把他们遮挡得严严实实;红色的军裤太宽松,他们穿着很不舒服,不得不咧开两条腿才能走得快些。僵硬的高筒军帽下面,只能看见小小的脸,两个布列塔尼人可怜的、瘦瘦的、幼稚得几乎像动物的脸,长着两双温柔而又平静的蓝眼睛。

他们走路的时候从来不说话,一直往前走,脑袋里始终如

---

* 本篇首次发表于一八八五年四月十三日出版的《费加罗报》;一八八六年收入保尔·奥朗道尔夫出版社出版的莫泊桑小说集《帕朗先生》;一九〇三年收入同一出版社出版的插图版莫泊桑全集《帕朗先生》卷。
① 库尔波瓦:法国市镇,位于巴黎西北郊,塞纳河畔。
② 波宗:法国市镇,位于巴黎西北郊,塞纳河畔。

一的一个念头取代了交谈,因为在尚皮乌小树林的入口,他们找到了一个让他们联想起自己家乡的地方,只有在那儿,他们才感到自由自在。

到了去科隆布①和去沙图②的两条大路交叉的地方,因为是在树底下走了,他们就摘掉压得脑袋怪难受的军帽,擦擦额头。

他们总要在波宗桥上停留一会儿,看看塞纳河,两三分钟吧,深深地弯下腰,俯在栏杆上;或者观赏辽阔的阿尔让特依③锚地,看游艇的倾斜的白帆奔驰。这些游艇也许让他们又想起布列塔尼的大海,家乡附近的瓦恩④港,还有穿过莫尔比昂⑤驶向大海的渔船。

他们过了塞纳河,就在肉食店、面包铺、卖本地酒的商人那儿买好食物。一根猪血香肠、四个苏⑥的面包和一升叫"小蓝"的劣质葡萄酒,用手绢包着,这就是他们准备的食品。不过,一旦出了村子,他们就走得慢了,而且一边走一边说起话来。

在他们前面是一片贫瘠的原野,散落着一簇簇树木,直到一个树林,一个在他们看来和凯尔马里旺⑦的树林十分相像

---

① 科隆布:法国市镇,位于巴黎西北郊,塞纳河畔。
② 沙图:法国市镇,位于巴黎西边十公里,塞纳河畔。
③ 阿尔让特依:法国市镇,位于巴黎西北郊,塞纳河畔。
④ 瓦恩:法国市镇,莫尔比昂省省会。
⑤ 莫尔比昂:法国布列塔尼地区的一个省。
⑥ 苏:法国旧时辅币,五生丁等于一苏,一百生丁等于一法郎。
⑦ 凯尔马里旺:虚构的布列塔尼地区的地名。本篇下文的"普鲁尼旺""洛克诺旺"。

的小树林。一条小路,沿途都是小麦和燕麦,隐没在清脆嫩绿的庄稼中间。让·凯尔德朗每次都要对吕克·勒嘎尼戴克说:

"这真像在普鲁尼旺。"

"是的,真像。"

他们并肩走着,脑袋里充满了对家乡的模糊记忆,充满了被唤醒的画面,一个苏一张的彩色画片上的那种幼稚的画面。他们仿佛又看到一片田野,一排树篱,一块荆棘丛生的荒原,一个十字路口,一个花岗岩的十字架。

同样,每当他们来到一块标志着产业边界的界石旁,他们总要停留一会儿,因为它颇有些像洛克诺旺的古石冢。

走到第一簇树,吕克·勒嘎尼戴克每个星期日都要折一根树枝,一根榛树枝;他开始轻轻地剥这根树枝的皮,一边想着家乡那边的人。

让·凯尔德朗则一手拎着食物。

吕克不时地提到一个名字,忆起一件童年的往事,寥寥几个字就能让他们沉思很久。家乡,亲爱的远方的家乡,越过遥远的距离,逐渐地占据了他们,沁入他们的身心,向他们传来它的形状、它的声响、它的熟悉的景象、它的气味,流溢着海的气息的荒野的气味。

他们现在闻到的已经不是为郊区农田施肥的巴黎的粪便散发出的臭味,而是带着海上咸味的风聚敛和携来的开花的荆豆的清香。那露出河堤之上的划船游玩者的船帆,在他们心目中就像那些隔着宽阔平原眺见的沿海运输的大篷船,那平原从他们家乡一直延伸到波涛汹涌的海边。

他们小步走着。让·凯尔德朗和吕克·勒嘎尼戴克既高兴又忧伤，始终摆脱不掉淡淡的伤感，就像在笼中回忆的野兽那愚钝而又强烈的伤感。

吕克剥完那根细榛树枝的皮，他们也到了树林的一角，他们每个星期日都在这儿吃午饭。

他们找出藏在矮树丛里的两块砖，然后用树枝燃起一堆小火，用刀尖插着，烤那块猪血肠。

他们把面包吃得一点都不剩，把酒也喝个精光。吃完午饭，他们就坐在草地上，一句话也不说，眼睛望着远方，眼皮沉重，手指像做弥撒似的交叉着，穿红军裤的双腿舒展在田野的丽春花旁；军帽的皮饰和衣服的铜纽扣在热烈的阳光下闪亮，在他们头顶歌唱着盘旋的云雀也不时地停一停。

将近中午，他们就开始频频地把眼睛转向波宗村，因为那个放牛的姑娘就要来了。

每个星期日她都要从他们面前经过，去给她的母牛挤奶，把它送回牛栏，那是当地唯一的一头放养的母牛，在稍远处树林边的一片狭窄的草地上吃草。

他们不久就远远看到那个女用人，在这片田野上走动的只有她一个人。看到白铁桶在阳光下投来耀眼的反光，他们打心眼里感到高兴。他们从来没有谈起过她，他们只是很高兴看到她，不知道为什么。

这是一个身材高挑、身体强壮的姑娘，红棕色的头发，皮肤被阳光晒成赭色,是巴黎附近乡下的一个大胆的姑娘。

有一次,她看到他们又坐在同一个地方,便对他们说:

"你们好……你们总是到这儿来吗?"

吕克·勒嘎尼戴克大胆一点,对她说:

"是啊,我们到这儿来休息。"

仅此而已。但是,到了下一个星期日,她远远看到他们,就微微一笑。这个机灵的姑娘,感觉到他们都很羞怯,精神便放松了些,带着关心和善意的微笑,问:

"你们在这儿做什么?就是为了看草怎么长高?"

吕克很开心,也微笑着说:"也许是吧。"

她接着说:"噢,长得不大快。"

他仍然带着微笑,回答:"是啊,不快。"

她走了过去。不过,她拎着满桶牛奶回来的时候,又在他们面前停下,对他们说:

"你们要不要喝一点?这会让你们想起家乡。"

人同此心,她可能也是远离家乡,猜得到他们的心事,一下子就触到他们敏感的神经。

他们俩都深受感动。于是她费了挺大的劲,往他们带来的容量为一升的细颈酒瓶里倒了一些牛奶。吕克先喝,一小口一小口地,还不时地停下来,看看是不是超过了他应得的那一份。然后,他便把瓶子递给让。

她站在他们面前,两只手叉着腰,桶放在她脚边的地上。能为他们做一点事,她满心欢喜。

然后她就走了,一边大声说着:"喂,再见啦,下个星期日见。"

他们目送着她,直到看不见。她高高的身影越走越远,逐渐缩小,仿佛钻进了绿色的大地。

下一个星期日,离开军营的时候,让对吕克说:

"是不是该给她买点什么好东西?"

他们为了给放牛姑娘挑选甜食的问题,左也不是右也不是,犯了好大的难。

吕克看中了一段安杜依香肠①,但是让更喜欢水果香糖②,因为他喜欢甜食。让的意见占了上风,他们在一家食品杂货店买了两个苏的白色和红色的香糖。

因为期待着放牛姑娘,他们心神不宁,这顿午饭比平常吃得都要快。

让第一个看到她从远处走来:"她来了。"他说。吕克接着说:"是她,她来了。"

她看到他们,远远地就微笑着,喊:

"你们都好吗?"

他们齐声回答:

"你呢?"

于是她就说起来,说起一些他们感兴趣的普通琐事,天气呀,收成呀,她的主人们呀。

---

① 安杜依香肠:一种把加香料的动物下水灌入猪肠内做成的香肠。
② 水果香糖:一种四个三角面构成的四面体形的水果香糖。

他们不敢把糖果拿出来给她,糖果在让的衣袋里都微微地融化了。

吕克终于鼓起勇气,小声说:

"我们给你带了一点东西来。"

她问:"什么东西呀?"

这时,脸红到耳根的让,拿出那个圆锥形的纸包,递给她。

她便吃起小糖果来,糖块从一个腮帮子滚到另一个腮帮子,每次都在脸上弄出一个鼓包。两个小兵坐在她面前,看着她,又激动又开心。

然后她就去给母牛挤奶,回来的时候又给他们一些奶喝。

他们整整一个星期都在想她,并且好几次说起她。下一个星期日,为了多聊一会儿,她索性在他们身边坐下,三个人,紧挨着,眼睛望着远方,并着腿,两手叉起来抱住膝盖,说些鸡毛蒜皮的小事,和各自出生的村子里的细故;而那只母牛,在旁边,见女用人半路停下,把它沉重的脑袋的湿漉漉的鼻子向她伸过来,久久地哞叫着召唤着她。

很快,这姑娘就答应跟他们一起吃一点,还喝了一小口酒。她还经常在衣袋里装些李子带给他们吃,因为李子熟了的季节到了。有她在,两个布列塔尼小兵变得活跃了,像两只小鸟一样叽叽喳喳说个不停。

然而,一个星期二,吕克·勒嘎尼戴克忽然请了假,这可是他从来没有过的事,而且他直到晚上十点才回来。

让很不放心,脑子里寻思,他的伙伴外出这么长时间干什么去了。

到了星期五,吕克向他邻床的人借了十个苏,又请了假,获准外出几个小时。

这个星期日,和让照例去散步时,吕克的样子非常古怪,非常心神不定,好像完全变了一个人。凯尔德朗不明白,但是他隐约怀疑有什么事,却猜不到会是什么事。

他们什么话也没说,一直走到老地方;由于总坐在同一个位置,那片草地都光秃了。两个人都没有食欲,慢吞吞地吃了午饭。

那姑娘很快就出现了。像每个星期日一样,他们看着她走过来。她走近的时候,吕克站起来,迎上去两步;她把桶放在地上,拥吻他。她两手紧搂着他的脖子,使劲地拥吻他,根本不理会让,没想他也在那儿,甚至好像没看见他。

而让,可怜的让,一下子愣住了,如入五里雾中;他无法理解,他头脑全乱了,心里乱糟糟的,还没明白是怎么回事。

然后,那姑娘就紧挨着吕克坐下,两个人聊起来。

让也不看他们。他现在终于猜出他的伙伴为什么在这个星期里两次出去,他感到内心备受煎熬,悲伤至极,感到一种伤害,一种背叛造成的肝胆俱裂的痛苦。

吕克和女孩站起来,一起去把牛赶回牛栏。

让目送着他们。他看着他们肩并肩地走远,他伙伴的红色军裤在路上成为一个耀眼的红点。那是吕克在捡起槌子,夯实拴牲口的木桩。

姑娘弯下身挤奶,吕克心情轻松地抚摸着奶牛的粗糙的脊梁。然后他们把桶撂在草地上,钻进了树林。

让什么也看不见了,只看见他们进去的那堵树叶的墙壁;他心乱如麻,如果他这时试图站起来,肯定会原地倒下。

他久久地呆若木鸡,惊讶和痛苦,那种天真的深深的痛苦,都把他弄得迟钝了。他想哭,想逃,想躲起来,再也不见任何人。

突然,他看见他们从树林里走出来。他们手牵着手,就像村子里定了情的男女一样。现在是吕克拎着奶桶。分手以前,他们又拥吻,女孩向让友好地说了一声"晚安",心照不宣地向他微微一笑,就走了。这一天她没有想到请让喝一点牛奶。

两个小兵依然紧挨着坐在那里,像往常一样一动不动,一言不发,平心静气,从脸上的冷静看不出丝毫内心的变化。阳光洒在他们身上。那头母牛远远地哞叫着,时而回头看看他们。

到了惯常的时间,他们便站起来往回走。

吕克剥着一根树枝的皮;让拎着空酒瓶。他把酒瓶还给波宗的酒商。然后他们就走上桥,像每个星期日那样,在桥中间停下,看一会流水。

让弯下腰,在铁栏杆上越弯越低,好像他在水里看到了什么吸引他的东西。

吕克对他说:"你是不是想喝一口水?"

他的话音还未落,让的脑袋把整个身子都拖了下去,掀起来的两条腿在空气里划了一个圆圈,蓝上衣红裤子的小兵整个儿跌了下去,消失在河里。

吕克急得喉咙发紧,使劲喊也喊不出声来。他看到稍远处有什么东西动换;接着,他伙伴的脑袋露出水面,马上又沉下去。

他又在更远一点的河面上看见一只手,只有一只手,很快又消失。然后就再无踪影。

闻讯赶来的船夫这天什么也没有找到。

失魂落魄的吕克一个人跑回营房,一边频频擤着鼻子,一边声泪俱下地叙述着这桩意外:"他弯下身……他……他弯得……太厉害……太厉害,一头栽下去……下去……下去……就这样跌进……跌进……"

他再也说不下去了,他激动得说不出话来了。

"如果他早知道……"

残 疾 人[*]

我遇到的这桩奇特的事大约是在一八八二年。

我刚在空无一人的车厢的一个角落里安置下来,把车门关上,希望只有我一个人待在这儿,这时车门突然又开了,听到一个声音说:

"请当心,先生,这儿正在铁轨交叉的地方,上车的踏板很高。"

另一个声音回答:

"别担心,洛朗,我这就抓住拉手。"

接着,一个戴圆礼帽的脑袋出现了,这个人两只手紧紧抓住门两边悬着的皮带和绒带,慢慢把肥胖的身体升上来,脚踩在踏板上发出手杖敲打地面的响声。

---

[*] 本篇首次发表于一八八八年十月二十一日的《高卢人报》;一八九〇年收入维克多·阿瓦尔出版社出版的莫泊桑小说集《无用的美貌》;一九〇四年收入保尔·奥朗道尔夫出版社出版的插图版莫泊桑全集《无用的美貌》卷。

这个人的上半身进了隔间,我看见在他宽松的布料裤腿里露出一条木腿的黑漆尖头,另一条同样的假腿也紧接着上来。

这位旅客身后露出一个脑袋,问他:

"您好了吗,先生?"

"好了,我的孩子。"

"喏,这是您的包裹和拐杖。"

一个看样子像退伍军人的仆人,也上了车,两手拎着一堆用黑纸和黄纸包着、用细绳仔细捆着的包裹,把它们放在主人头顶上的网架里,然后说:

"好啦,先生,全放在这儿啦。一共五包:糖果,玩具娃娃,鼓,玩具枪,鹅肝酱。"

"很好,我的孩子。"

"一路平安,先生。"

"谢谢,洛朗。保重身体!"

那个人下去后把车门关上,走了。我打量了一下我的邻座。

他大概有三十五岁的样子,但是头发几乎都白了;他佩戴着勋章,蓄着小胡子,身体肥胖,患上了原本活跃而强壮、一旦残疾不能活动的人常有的伴着气喘的肥胖症。

他擦了擦额头,喘息了一会儿,正面看着我,问:

"抽烟妨碍您吗,先生?"

"不,先生。"

他那目光,他那声音,他那张脸,我都似曾相识。在哪儿呢？什么时候呢？可以肯定，我遇见过这个青年人，跟他说过话，跟他握过手。那已经是很久以前的事，很久很久以前的事，已经消失在迷雾中了，我的头脑只能尽量在记忆中摸索着探寻，就像追赶逃遁的幽灵，却又难以把它们抓住。

他也一样，此刻正在一个劲地端详我，像回忆起一点什么，却又不完全肯定似的，凝视着我。

彼此的目光如此执拗地接触，我们都被弄得有些不好意思了，把眼睛转了过去；但是，几秒钟以后，紧张工作的记忆力的隐晦而又执着的意愿，又把我们的目光吸引在一起。我说：

"天啊！先生，与其偷偷地互相观察上一个小时，让我们一起回忆一下在哪儿见过面，岂不更好？"

邻座满心情愿地回答：

"您说得好极了，先生。"

我自我介绍：

"我叫昂利·邦克莱尔，法官。"

他迟疑了片刻，然后，目光里显得没有把握，声音里带着思维的高度紧张，惊喜地嚷道：

"啊！对了，我是以前，战争以前，在普安赛尔家遇见您的,那已经是十二年前的事了!"

"是的,先生……啊!……啊!……您是勒瓦利埃尔中尉?"

"是呀……我后来还成为勒瓦利埃尔上尉,直到我失去双脚……一颗炮弹飞来,两只脚一块儿报销。"

我们又互相打量,不过现在我们已经是相识了。

我清楚地回忆起这个身材修长、风度翩翩的小伙子,领着跳沙龙舞①,那股优雅而又灵活的疯狂劲儿,对啦,人们都叫他"龙卷风"。不过在这清楚地记起的形象后面,还浮动着什么不可捉摸的东西,一个我听说过但已经淡忘了的故事,这种故事会引起一时的关注,但很快就被人忘记,在头脑里只留下一丝几乎觉察不到的痕迹。

那个故事里有爱情,我在记忆深处又找到了那种特殊的感觉,不过仅此而已,就像一只猎物的爪子在地上给狗鼻子留下的气味。

然而,阴影逐渐明朗了,一个妙龄女郎的形象突然浮现在我的眼前。接着她的名字也像点燃的爆竹一样在我脑海里响起:德·芒达尔小姐。这时,我把当年的一切都想起来了。那果然是一个爱情故事,不过很普通。我遇见他的时候,那个年轻姑娘正爱恋着这个年轻人,他们已经在谈就要举办的婚礼。他那时好像很钟情,很幸福。

我抬起头,看着网架上放着的大大小小的包裹。我邻座

---

① 沙龙舞:十九世纪流行的四人或八人一组,穿插各种各样的舞蹈。

的仆人送来的这些包裹,在列车的颠簸中颤抖着,那仆人的声音,就像刚说完似的,又回到我耳边。

他是这么说的:

"好啦,先生,全在这儿啦。有五包。糖果、玩具娃娃、鼓、玩具枪、肥鹅肝。"

于是,一部长篇小说在一秒钟里就完成,并且开始在我的头脑里展现。再说,这篇小说就像我读过的所有小说一样,或者是一个年轻男子,或者是一个年轻姑娘,在一场肉体或者经济上遭受飞来横祸之后,和未婚妻或者未婚夫终成眷属。这么说,这个在战争中致残的军官,在战后又找到了对他许下终身的那个年轻姑娘,而后者信守了她的诺言,嫁给了他。

我觉得这很美好,不过这又太简单了一点,就像人们认为书和戏剧中的献身精神和美满结局全都过于俗套。人们读书看戏,总像是在学堂里受高尚情操的教育,会热情愉快,大义凛然,做出自我牺牲。但是第二天,当一个穷苦朋友来向您借钱,人们的情绪却恶劣透顶。

接着,另一种设想,一种不那么富有诗意也不那么现实的设想,代替了前一种。也许他们在战前,在那可怕的炮弹截去他双腿的意外发生以前已经结了婚,她很悲伤,但逆来顺受,接受、照料、安慰、支持这个丈夫;而这个丈夫,出征时体格强壮、仪表堂堂,归来时却失去了双腿,这可怕的残疾人注定了不能活动,注定了只能无可奈何地发火,注定了会肥胖得要命。

他是幸福呢,还是备受煎熬?一个起初轻微、越来越强烈的欲望,让我再也按捺不住:了解他的故事,至少也要知道其梗概,能让我猜出他不能或者不愿对我说的内情。

我一边思索,一边跟他聊着。我们先寒暄了几句;我说着,把眼睛抬向网架,想着:"这么说,他有三个孩子:糖果是给他妻子的,玩具娃娃是给他小女儿的,鼓和玩具枪是给他的两个儿子的,而那鹅肝酱是给他自己的。"

我忽然问他:

"您有孩子了吧,先生?"

他回答:

"没有,先生。"

我突然感到很尴尬,就好像我做了一件很不恰当的事。我便说:

"我请您原谅。我这么想,是因为我听您的仆人说到玩具。无意间听到一句话,就不由自主地下了结论。"

他微笑了一下,低声说:

"不,我甚至没有结婚。我那时只是停留在准备结婚的阶段。"

我装出突然想起的样子,接着说:

"啊!……确实,我认识您的时候,您已经订了婚,我想是跟德·芒达尔小姐订了婚。"

"是的,先生,您的记忆力真是好极了。"

我壮起胆来,继续说:

"是的,我想起来也听人说德·芒达尔小姐嫁给了……先生,……先生。"

他平心静气地说出这个名字：

"德·弗勒莱尔先生。"

"是的，是这样！是的……对了，我甚至想起听人谈到过您受伤的事。"

我正面看着他；他的脸红了。

他的脸饱满，肿胀，由于血不停地往上冲而已经发紫，此刻的颜色更深了。

他情绪激动起来，以突然高涨的热情回答，就像为一桩已经预先败诉的案件辩护，精神上和心理上虽已失败，但仍希望赢得舆论：

"先生，谁要是把德·弗勒莱尔夫人的名字和我的名字连在一起，那就错了。我战后回来的时候，唉，已经失去了双脚，我是不会答应她做我的妻子的，绝对不会！这怎么可能呢？先生，人们结婚，不是为了炫耀宽宏大量，而是为了生活，每一天，每一小时，每一分钟，每一秒钟和另一个人相依为命；但是如果这个人身体残疾，像我这样，她嫁给他，那就注定要痛苦，终身痛苦！噢！我理解，我欣赏一切自我牺牲，一切忠贞不渝，如果它们有一个限度；但我不同意一个女人，为了满足公众的喜好，放弃她希望是幸福的整个一生，放弃一切欢乐，放弃一切梦想。当我听到我的假腿和拐杖敲打我房间地板的响声，我每走一步都会发出的水车般的响声，我就恼怒得想掐死我的仆人。让一个女人承受您自己都忍受不了的事，您认为这可以吗？再说，您能够想象我的木腿的尖头，这好看吗？……"

他沉默了。我能对他说什么呢?我觉得他的话有道理。难道可以谴责她,蔑视她,归罪于她吗?不能。那么怎么办呢?这结局符合惯例,符合常理,符合现实,符合外表,却难以满足我们赋予诗意的口味。这些英雄的残肢,需要的是壮丽的牺牲,而我却没有听到。我为此感到失望。

我突然问他:

"德·弗勒莱尔夫人有孩子吗?"

"有,一个女孩,两个男孩。我带的这些玩具就是给他们的。她的丈夫和她都对我很好。"

列车沿着圣日耳曼①的坡路往上爬,穿过隧道,驶进车站,停下。

我正要伸出手扶这位军官下车,两只手从打开的车门向他伸过来。

"您好,亲爱的勒瓦利埃尔。"

"啊!您好,弗勒莱尔。"

在男人身后,一个犹有姿色的女人微笑着,喜气洋洋,用戴着手套的手指频频送来"您好!"的表示。她身边的一个小女孩快活地跳着,两个小男孩用贪婪的目光看着从车厢的网架传给他们父亲的鼓和玩具枪。

残疾人下到站台上,孩子都上前和他亲吻。接着,大家便上路。小女孩友好地扶着一根拐杖的涂了清漆的横挡,就像牵着她的大朋友的手指,并排而行。

---

① 圣日耳曼:巴黎西郊的一座古城。